SACHANT QU'AUCUN ANIMAL NE NOUS APPARTIENT

Véronique Janzyk

ONLIT — EDITIONS

À Carole Ghilain

Ce sont les animaux qui viennent à nous
pourvu que nous leur fassions signe.

Gaston Bachelard

Douce
L'Animal
Guinée
La Poule
Le Coq
L'œuf du jour
Les éléphantes
Les Tigrés
Errants
Les Oiseaux
Au ciel
Mouchette
Le Hérisson
Noir et blanc
Jean-Philippe
Champion
Tropico
Deux faces
Ses oreilles

Douce

Le chien semblait sorti d'une de ces affiches de mon enfance, celle de la Société protectrice des animaux qu'on voyait aux fenêtres. Un chien noir marche sous la pluie. Un chien aux poils que l'eau allonge. Un pelage en lambeaux. Le chien mouillé avançait, tête basse, échine ployée. Au-dessus de l'animal : des mots, un slogan. Ne nous abandonnez pas. Le chien implorait pour les autres. Pour lui, c'était trop tard. Il allait. Il s'éloignait, puisque c'est ce qu'on voulait. L'affiche s'animait si longtemps après, en cet après-midi d'été. J'y entrais. Mon enfance revenait avec un chien. Je l'ai suivi dans une ruelle. Il se laissait rattraper. Il tournait la tête. Il vérifiait que je suivais. Il s'est engagé dans une impasse. Lorsqu'il s'est retrouvé acculé, il s'est assis puis couché. Il m'a regardée. J'ai plongé dans ses yeux bruns. J'ai revu l'école. La classe. Le banc. La cour. Le cerisier du Japon qui un matin nous offrait deux fois tout, ses fleurs, tant de fleurs sur les branches, et plus tard de petits bouquets à portée de pieds et de mains. J'ai vu l'instituteur. J'ai vu le souffre-douleur de la classe. J'ai entendu son nom. J'ai senti la craie. J'ai pêché des épinoches et des têtards dans une eau sombre. Je suis rentrée les cacher dans un seau au fond du jardin. J'ai grandi d'un coup. Je me suis accroupie près du chien. Il portait un collier blanc. Qu'on devinait blanc. Il était couvert de signes dessinés au couteau. Ce n'était pas un langage qu'on pouvait comprendre. J'ai glissé la main sous les hiéroglyphes. Le chien haletait. L'étranglais-je ? Je l'ai hissé dans la voiture. Nous avons roulé. Le volant vibrait. La voiture a hoqueté. Elle s'est arrêtée.

Le chien était une chienne. Nous l'avons appelée Douce. Le jour même, elle s'en prenait au chien du voisin, qui ne demandait rien, ni sucre ni caresse. Il passait son chemin, mais il fallait bien pour cela qu'il passe. Douce l'avait dominé. Un instant, il avait disparu sous elle. J'avais été témoin de la scène. La surprise m'avait paralysée, comme elle avait saisi le petit chien, à moins que cela ne fût pour lui le contraire d'une paralysie : la mobilisation de son instinct de survie. C'est une des rares fois où Douce était sortie. Elle préférait l'intérieur. Elle courait dans la maison, faisant le tour des pièces, plusieurs fois de suite, avec une préférence pour celle où je me trouvais. Elle circulait vite, sans ralentir. La pièce était devenue ronde. Les cercles de Douce se resserraient autour de mes jambes et finissaient en caresses. Elle se couchait sur mes pieds. Je restais immobile. Je lui rendais ses caresses. Je dégageais mes pieds du corps de Douce. Je marchais à reculons.

Les rares fois où je la promenais en laisse, c'est elle qui me tirait. J'essayais de résister. J'avançais par à-coups. Le lien tendu à l'extrême, Douce décrivait des demi-cercles, tête baissée. Un monde nous séparait quand elle était en laisse. J'ai fini par céder. J'ai détaché la laisse. Douce s'est éloignée, toujours plus loin. Mais aussi loin qu'elle allait, elle n'oubliait pas de me jeter un regard. Je la voyais mettre ses pas dans ceux d'une femme, d'un homme, d'un couple, d'un groupe. Elle avançait à leur rythme, exactement. Pendant qu'elle marchait, trottinait, courait, c'était leur chien, nul n'aurait pu en douter, même moi persuadée pendant quelques secondes que Douce me quittait, qu'elle avait trouvé une allure, un corps et un avenir qui lui plaisaient davantage que ce que je pouvais lui offrir, qu'elle avait retrouvé son maître ou sa maîtresse. Mais non, elle avait un petit mouvement de tête sur le côté, le signal du retour, et elle revenait.

Parfois, il y avait ma voix pour la faire revenir. Ma voix comme une laisse. Une laisse par peur qu'elle ne revienne pas, qu'elle se perde à nouveau.

Parfois, elle ramenait des enfants. Ils s'enquéraient de son nom. « Douce, c'était le surnom de ma grand-mère », a dit l'un d'eux. Et puis un jour, une femme s'est avancée vers nous. Je ne peux pas vraiment dire qu'elle se soit avancée. Elle était là, soudain, tout à côté. Elle a dit : « Viens, c'est maman. » C'est ce que j'ai entendu, mais je n'ai pu m'en assurer. Elle a dû se pencher trop vite. C'est arrivé en une fraction de seconde, son mouvement et la réaction de Douce. Rien ne s'était vu de prime abord. La dame s'était relevée. Le chien avait reculé. La dame avait redressé ses lunettes. Et c'est là que j'avais vu le sang couler. La dame parlait comme si de rien n'était. C'est lorsque le fin filet de sang est arrivé sur ses lèvres, lorsqu'elle a passé sa langue sur le sang qu'elle a réalisé. Au même moment, je lui ai dit : « Vous saignez. » J'ai proposé de l'accompagner à l'hôpital, chez le médecin, aux urgences. Elle a décliné. Elle avançait, moi aussi. Elle s'est arrêtée pour éponger le sang. Elle s'est regardée dans une vitrine puis dans le rétroviseur d'une voiture. La blessure enflait. On voyait maintenant les lèvres de la coupure. La peau virait au mauve. Je jure que ce fut aussi rapide. Elle accéléra le pas. Elle s'arrêta une dernière fois et déposa son mouchoir ensanglanté dans le sac de courses qu'elle portait. J'y ai vu des boîtes de nourriture pour chats. Peut-être Douce avait-elle été perturbée par des odeurs félines sur le corps ou les vêtements de cette femme. « Tu cherches des excuses où il n'y en a pas », me dira M. Je prétendrai toujours que ses lunettes l'ont coupée plus que le chien ne l'a mordue. Je n'ai plus prononcé le nom de « Douce » pendant un moment. Je me suis censurée. J'ai évoqué son instinct, sa peur, sa maladresse, son passé. M. m'a rappelé le comportement de Douce avec le chien du voisin. « Un chien qui a goûté au sang, un chien comme ça remordra. » Et c'est moins la gueule et les dents de Douce que je voyais que sa victime passant un bout de langue rose sur sa lèvre carmine. Je tenais Douce court en laisse désormais. Elle me tenait en laisse aussi et pour longtemps. Mon enfance retrouvée était passible à tout moment de sauter à la gorge d'un passant. Ma jeunesse avait des crocs. Nous fréquentâmes un centre de dressage, ou plutôt d'éducation canine. Douce y côtoyait des Brutus, des Rex, et moi des hommes musclés et tatoués. Plus que je ne pouvais supporter fut atteint avec le port imposé, pour les sorties, d'une muselière. Il m'était impossible de bâillonner plus longtemps mon enfance, douce et sauvage.

L’Animal

Il faisait chaud en cette fin d'après-midi. Toute la journée avait été chaude, anormalement chaude. Les nuits aussi étaient chaudes, comme elles ne l'avaient pas été depuis un siècle, paraît-il. Les températures nocturnes étaient deux fois plus élevées que la normale. Il faisait chaud en permanence et encore plus chaud là, maintenant. C'est à ce moment précis, dans le pic de chaleur de l'après-midi, que j'ai entendu le cri. Mais en était-ce vraiment un ? Ce n'était pas un chant, ou alors très perçant. Ou deux très brefs chants, que j'aurais synthétisés en un cri. Un oiseau criant si près de la maison, ce n'était pas habituel. D'ordinaire, c'est du fond du jardin que ces animaux-là se font entendre. Tout au plus une tourterelle se perche-t-elle non loin de la façade sur le mur qui ceint le jardin, mais ce n'était pas elle, je l'aurais reconnue. Nous partageons cette familiarité, elle de se poser et moi de poser un nom sur elle. Je la vois en l'entendant, simplement. Mais un cri comme celui que je venais d'entendre était inhabituel. Je suis sortie. Le cri s'est à nouveau donné à entendre. J'ai vu d'où il venait. Du sol. Le sac de terreau était éventré. Le plastique formait un rebord sous lequel se tenait l'animal. Il ne criait plus. Ma présence l'avait fait taire. Le chien, qui l'avait fait crier, je crois, était là, à deux pas, figé. Le sac s'est mis à bouger, comme par l'effet d'un vent qui n'existait pas. L'animal tournait là-dessous. J'ai soulevé le sac. L'animal s'est dressé sur deux pattes. Puis il a repris son circuit à découvert. Je l'ai attrapé, une main pour chaque flanc. Mes doigts se sont rapprochés sous sa peau. Comme il était maigre. Je l'ai soulevé. Et je l'ai emmené.

M. m'attendait dans l'entrée. « C'est quoi comme oiseau ? » il a demandé. Puis il a crié. L'animal m'a mordue. Il m'a mordue en tremblant. Ses dents ont cisaillé ma peau sans conviction. J'ai regardé sans douleur la peau s'ouvrir et le sang couler. Il coulait du côté droit de la blessure, un petit filet. Il coulait sans logique. Mon poignet n'était pas incliné. J'ai brouillé le sang avec la pulpe du majeur de l'autre main. Mon cœur s'est empli d'émotion et de sang au contact de l'animal apeuré. Mon cœur s'est mis à battre comme il ne l'avait plus fait depuis longtemps. Et c'était bien d'avoir cette blessure pour évacuer le trop-plein de sang. L'animal courait maintenant dans la pièce. M. avait battu en retraite. L'animal s'était réfugié sous l'emballage du sèche-linge que nous avions déballé un peu plus tôt. Il continuait de tourner en rond. J'ai mis de l'eau dans une soucoupe, de la nourriture dans une assiette, un morceau de pomme de terre et un reste de viande, et je suis sortie. J'ai vérifié que la porte était bien fermée, pour les prédateurs et pour protéger M. d'une nouvelle frayeur. Cette nuit-là, je me suis réveillée. Ce sont des cris d'oiseaux qui m'ont réveillée. Comme si une nuée passait par-dessus le toit. J'ai ouvert le Velux. J'ai mis la tête dans le ciel. Tout le ciel, les rares nuages et les étoiles. J'ai entendu distinctement un remous de pépiements. Des oiseaux se préparant à dormir dans une joyeuse cacophonie ou s'éveillant et accordant leurs voix. Trois heures du matin, c'était une drôle d'heure pour se mettre aux arbres ou pour s'envoler. D'un coup, tout s'est tu. J'ai envoyé à M. un message racontant cet éveil, qui était plutôt le mien que celui des oiseaux finalement. Je lui ai écrit de la main blessée ce que j'avais entendu et cru. Puis j'ai douté de la pertinence de ce message de nuit. M. se fiche bien des animaux, tous. Il en a peur. Il redoute une agression. « Pourquoi un chat, un renard attaqueraient-ils comme ça ? Pourquoi s'en prendraient-ils à toi ? » Justement pourquoi pas lui, pourquoi pas un chat, un renard, un chien, une pie ? Tout est possible. Il n'avait pas tort, mais je ne pouvais pas lui donner raison. Nous évitions de discuter d'animaux. C'est pourtant à lui que je pensais quand je lisais des articles ou des livres qui leur étaient consacrés. C'est d'ailleurs lui et personne d'autre qui venait d'être témoin de ma rencontre avec l'animal. Lui encore qui s'était enquis de l'espèce d'oiseau que cela pouvait être. M. était soucieux des mots. Il lui fallait mettre un nom sur l'origine de sa peur. J'aurais voulu le convaincre du caractère inoffensif des animaux. Plus encore depuis que je portais une morsure au poignet. La peau rougissait. Une ligne rouge dérivait de la morsure et commençait à entourer le poignet. J'avais lu la peur, la grande peur, dans l'animal tremblant. L'animal et M. sont unis par la peur. Ils se ressemblent. Ne jamais parler à M. de sa ressemblance avec un animal. Ne jamais l'appeler mon chat mais les mots mon chat m'échappent en une sorte de lapsus récurrent.

Ce matin, en voyant l'animal, première chose dont je me suis inquiétée au lever, j'ai immédiatement vu les effets sur lui de l'emprisonnement. L'odeur de la prison d'abord. L'animal avait déféqué. Peur de végéter ici ou qualité du repas, trop riche, non adapté ?

Ce que je connaissais le mieux de l'animal, jusqu'à présent, c'était sa peur, et la blessure qu'il m'avait infligée. Nos yeux se sont croisés. Nous nous sommes regardés. Malgré la peur et la séquestration, les yeux de l'animal restaient vifs. Le corps était terne, brun, mais les yeux mon Dieu les yeux, je peux dire que jamais je n'ai vu une telle lueur dans un regard, même humain. J'ai baissé les miens. Nous sommes partis pour le parc. C'était une bonne idée, un parc. Il y serait bien. Il y en a un à quelques kilomètres de la maison. C'est l'endroit où, un matin, très tôt, j'ai cru assister à la création du monde. Je marchais dans la brume. Je voyais à peine le bout de mes chaussures. Je ne les voyais peut-être même pas. J'entendais des cris. Je voyais des formes. Une expérience unique. Je m'attendais à voir surgir des créatures archaïques. Leurs cris ont décru dans mon dos, mais c'est comme si je les avais aperçues.

Le parc ? M. m'avait dissuadée. « Un parc, avait-il dit, alors que je le tenais au courant par le menu du devenir de l'animal, tu n'y penses pas, et les enfants, le risque que cela comporte peut-être de le relâcher là ? » J'avais balayé en moi les objections de M.

J'allais opérer dans le dos des enfants et des parents, et de M. Mais ce fut difficile. Le temps étant clément, les enfants étaient nombreux à trottiner derrière ou devant leurs parents. J'ai assez rapidement perçu quelques regards étonnés, incrédules. Peut-être pensait-on que je venais l'abandonner dans le parc ? Cette idée m'était insupportable. Nous sommes repartis. M. à sa façon avait raison. Le parc n'était pas un endroit pour libérer l'animal. Il n'y serait pas à sa place. C'est un bois qu'il fallait, et pas de témoins. Dans le bois auquel je pensais, il y a des étangs, et quelques bancs autour, seule présence humaine, partout ailleurs de la végétation. L'animal pourrait facilement se désaltérer. J'ai ouvert la portière. J'ai pensé que l'animal bondirait de la voiture. Il se tenait au pied de la banquette arrière. Je l'avais laissé en liberté toute provisoire. Il n'avait pas bougé. Il a hésité. Il est descendu. Il s'est avancé vers les arbres. Je l'ai suivi. Il s'est adossé à une souche. La souche lui faisait comme une coquille. On l'aurait cru tout juste éclos. L'image de l'apparition de la Vierge dans la roche m'est venue à l'esprit et je ne l'ai pas trouvée incongrue. L'animal aux yeux si brillants valait bien une sainte. Il s'est tassé comme s'il voulait rentrer dans la matière. Passer de l'autre côté. J'ai compris. J'ai tourné les talons. Il m'a suivie. Nous sommes remontés dans la voiture. Nous avons repris la route. Le long de l'étang, un homme était assis sur un banc. Sur ses genoux, une oie. La tête de l'oie était lovée dans le cou de l'homme. Dans le rétroviseur intérieur, je n'apercevais plus l'animal. J'entendais sa respiration. Nous sommes rentrés et j'ai fermé la porte sur nous.

Guinée

L'homme épousait la forme d'un banc. Sur son torse reposait je ne sais quoi, qui épousait ses formes. Un sac ? Un enfant ? Je me suis approchée. Ce n'était ni une charge, ni un enfant. Une oie était étendue de tout son long sur lui. Cou contre cou. Je me suis assise à leurs côtés. Depuis sa mise à la retraite, il vient tous les jours ici, sur un de ces bancs qui bordent le lac. Le banc regarde l'eau. Au milieu de l'eau, à mi-chemin des berges, une maisonnette sur pilotis a été construite pour les canards, les cygnes, les oies, mais ils préfèrent s'abriter sous un banc. Un banc inoccupé sans jambes humaines pour entraver la vue est un endroit parfait, ou alors un banc duquel une planche a été arrachée ou brûlée. Un banc vide. L'homme et l'oie ont rendez-vous tous les après-midis. L'oie se dandine jusqu'à lui. Ses mains lui font un marchepied. Elle monte et elle se déploie. Elle tend le cou. Elle le pose. C'est une oie de Guinée, une de ces oies grises aux bouts des ailes beiges. Il n'est pas rare que la tendresse les tienne assis jusqu'en fin d'après-midi. L'homme sort de petits bouts de pain d'une poche. Hormis la main, rien de son corps ni de celui de l'oie ne bouge. La main semble autonome et leurs deux corps n'en forment qu'un. À l'origine, il y a deux ans, ce n'est pas l'oie de Guinée que l'homme nourrissait. Les morceaux de pain étaient réservés à d'autres oies, blanches pour la plupart. À l'époque, il a compté jusqu'à dix-sept oies autour du banc, mais aucune dessus, jamais. Il y a eu une première oie. Une première oie s'était avancée vers ses jambes. Ses jambes qui ont longtemps marché, qui ont porté un corps au travail, dans des bureaux, dans de multiples espaces intérieurs et extérieurs. Impossible de tout recenser. Les jambes se sont perdues quelquefois avant d'arriver sur ce banc. La première oie s'était approchée. L'homme, par la voix, avait fait le reste du chemin. Il avait dit petit petit. Il avait pensé qu'il parlait à une oie comme s'il parlait à une poule sauf qu'il n'avait jamais parlé à une poule, jamais.

Le jour où l'oie s'était avancée, l'homme avait eu envie de la photographier. Il était revenu avec un appareil photo. L'oie aussi était revenue. Il l'avait immortalisée. L'oie blanche se donnait à voir. L'oie lui avait ouvert les yeux. L'homme, à la suite de l'oie, avait photographié les arbres, l'eau grise de l'étang qui d'être photographiée n'était pas si grise, et les gens, de loin, et puis de plus en plus près. Il aimait soutenir l'appareil pendu autour de son cou. Ce serait plus tard le poids exact de la tête de l'oie de Guinée sur son torse.

Un jour, naturellement, il était venu muni de pain. C'était du pain frais. Il en restait rarement à la maison, mais ce jour-là oui. Il l'avait préalablement découpé en mouillettes, comme celles qu'enfant il plongeait dans des œufs à la coque.

Nul ne sait d'où viennent les oies. Les cygnes et les canards ont été introduits sur le site. Longtemps, le lac n'accueillit qu'eux. Et, du jour au lendemain, ou presque, des pêcheurs se plaignirent de devoir partager l'endroit avec elles. Les enfants, eux, se réjouirent. Les parents aussi, toujours inquiets de voir les plus jeunes enfants se pencher vers l'eau, guettant les poissons. Des oies venaient faire barrage. Tant mieux. Massives, lentes, elles se laissent approcher par les enfants avant de se soustraire bruyamment aux caresses. Un délice de rire sort alors de la gorge des enfants, et un son qui ressemble à un rire jaillit du bec des oies.

Je regarde les mies par terre, aux pieds de l'homme, ce que l'on voit de son vêtement, ce qu'il en reste, ce que l'oie de Guinée laisse voir.

L'homme glisse une mouillette entre ses lèvres. Le bec de l'animal vient s'y coller. Il donne la becquée une fois, deux fois. Il n'en fera pas plus. Ça suffit. Il baisse le menton. L'animal semble s'assoupir.

Entre-temps, un homme s'est approché. À lui aussi les lieux sont familiers. Il raconte que ces deux oies-là, oui celles-là, une oie et un jars, un couple, pour s'approcher du banc font le tour des lacs. C'est un rituel. Elles ne s'approchent jamais sans avoir fait un tour complet. Elles s'éloignent et puis reviennent, comme aimantées. Cette oie, c'est celle qui la première s'était approchée de l'homme, l'oie des photos. Elle est venue présenter ses deux petits à l'homme l'an dernier. Elle n'a tenu rigueur de rien à l'oie de Guinée. Elles vivent en bon voisinage.

L'homme debout dévoile des bribes de la vie de l'homme assis. L'oie s'est collée un peu plus, si c'est possible. Sais-je que l'homme assis possède deux perroquets ? Ce sont des animaux assez traîtres, paraît-il. Traîtres ? Enfin oui et non, qui vous bécotent le crâne, qui vous pincent la chair, qui pour un oui pour un non retournent au mutisme.

Il évoque une menace. « Des loups rôdent dans cet environnement si paisible, enfin au moins un, le garde forestier l'a confirmé. » Un loup noir, aux yeux jaunes. Il désigne de la main la hauteur au garrot de l'animal. Il caresse le loup noir invisible. Sa main décrit des circonvolutions. Il y a un sanglier aussi, une bête énorme, qui a déraciné une clôture et se promène désormais avec des fils barbelés accrochés à la toison. Les fils ne l'ont pas blessé. C'est une arme à présent. Il est hérissé de morceaux de métal. Il l'a vu de loin. C'est une vision, une de ces visions !

L'homme debout se lance dans des théories. Il rapporte des études sur l'apprivoisement. Il faudrait cinq années pour qu'une oie rejoigne les genoux d'un humain, accepte une main comme marchepied. Il l'a lu, entendu à la radio ou vu à la télé, il ne sait plus, ce qui ne l'empêche pas d'être formel. Sourds aux mots, indifférents aux théories, les protagonistes de l'histoire, l'homme assis et l'oie de Guinée, somnolent. Le ciel les accompagne. Il s'éteint doucement.

La Poule

C'est en voyant l'œil de la poule que j'y ai pensé. J'avais beau l'éponger, de l'œil s'écoulait un long et mince filet. À croire que j'entretenais le flux en pensant le tarir. C'est face à l'œil que ça m'est apparu. L'image des œufs a remplacé celle de l'œil. Des dizaines d'œufs, des centaines dans des dizaines de boîtes en carton. Tout ce qu'elle et ses semblables m'avaient donné. Que j'avais consommé. Qui me revenait là en nombre. Qui s'interposait entre l'œil malade et moi. Elle m'offrait encore ça la poule. Une image.

J'ai emmené la poule chez le vétérinaire. Tout ce que j'ai vu, les animaux et les gens, je l'ai vu comme à travers son œil. Une dame âgée qui traînait un chien d'au moins cent ans. Un gamin avec son chat. J'ai fermé les yeux. Il faisait chaud dans la salle d'attente. Quand je les ai ouverts, c'était à nous, à la poule et à moi. De l'œil qui lui restait, elle a écouté la sentence : antibiotiques, teinture d'iode et bonne chance.

On s'est appliquées. Elle s'échinait encore à picorer des croquettes pour chien. Elle les a toujours convoitées et elle continue de le faire. La croquette est saisie, mais sans élan suffisant pour s'engager dans la gorge. Elle s'arrête tout à l'entrée. Je dois la pousser du doigt. La poule s'en trouve ragaillardie. Alors, et alors seulement, elle se tourne vers le bol de graines. Les graines semblent s'animer. Je les vois comme vivantes gagner le bec. Quand elle renverse le bol, c'est une véritable poursuite qui s'engage. Les graines semblent fuir. Elles finissent toujours par perdre.

Parfois, c'est à un autre repas qu'elle se livre. Elle picore des graines que je ne vois pas. Puis une ou deux que je vois, celles-là. Elle renverse la tête. Elle déglutit. Elle a l'air rassasiée. À d'autres moments, elle reste là, elle ne picore pas. Elle attend, le bec au-dessus des graines ou des croquettes ou de l'eau. Tout entière elle attend. Elle est dans ce moment d'avant la nourriture. Le geste au bord du geste. Elle somnole près du radiateur. Je la sors de sa torpeur. Je lui administre son médicament. Je le fais glisser avec un peu de blanc d'œuf. C'est ce que j'ai trouvé de mieux. Elle avale, docile. La peau autour du bec pâlit. J'ignore si c'est un effet secondaire. Puis la couleur revient. Entre le matin et le soir, sa crête fléchit. La poule perd sa couronne le soir, mais elle la retrouve au matin.

Aujourd'hui, ses trois comparses sont rentrées du jardin pour la voir. Une noire, une rousse et une blanche, son double. Elles l'ont entourée. Je ne sais comment, mais, à trois, elles l'ont encerclée complètement. Elle était au milieu, rien ne pouvait l'atteindre, la poule, plus petite, rajeunie, comme prise à contre-courant du temps. Poule, mon pigeon, mon échassier qui chaque jour renaît. Petite poule que je nourris de pâtée pour poussins. Qui recommence ta vie chaque matin.

Les trois poules ont fait leur toilette, le bec dans leur aile et par-dessous. Elles ont pris la posture que la petite poule adopte depuis quelques jours, le bec dans les plumes. Repos. La petite poule a ouvert l'œil. Les autres ont ouvert le bec à plusieurs reprises. Elles ne bâillaient pas, non. De leur gorge ne sortait aucun son. Les quatre poules ont eu l'air de comploter. Quand la petite poule est restée seule, elle s'est voûtée. Je l'ai caressée. Elle est osseuse et ouatée.

Son œil se voile de mille façons. Il y a tant d'opacités à voir. La transparence de mille manières finit par revenir. Comme la couleur rouge de sa crête. Comme le jaune vif de son œil.

Parfois, l'œil ouvert ne semble pas voir. La poule se heurte à une chaise, à un meuble, à moi. Moi, je la vois, de plus en plus. Je vois le grand désordre sur le sol de la cuisine, et en même temps je me demande si je ne rêve pas cette installation, les pipettes, la teinture d'iode, la pâtée, l'eau, la camomille pour les yeux. Je me demande si je vois bien, non seulement les pots, les bols, les tasses, les sachets, mais ce qui s'en renverse, ce qui se mélange sur le pavement, les traces et les reliefs que cela engendre, et qui disparaissent au premier coup de serpillière.

De la poule, je ne doute jamais. Ma poule, laboratoire de moi-même.

Je considère de près ses oreilles couvertes de minuscules poils. Je crois que ce sont des poils. De si petites plumes me semblent improbables.

La poule est mon institutrice préhistorique. Elle m'apprend que les poules peuvent perdre leur bec, qu'elles sont dépourvues de vessie et que l'infection chez les gallinacés peut prendre la forme de kystes. On peut les extirper d'un coup. L'infection ne s'en ira pas gâcher le sang. Certaines poules, rarement, ne survivent pas aux incisions. Ma poule n'est pas une statistique. J'ai répondu avec conviction au vétérinaire qui me questionnait sur ma capacité à faire des piqûres. J'ai omis de préciser que mon expérience se limite à des injections dans mon corps. L'exercice est ici bien différent. Les injections doivent se faire à deux, à trois si on compte, c'est mieux, la principale protagoniste, la poule. T. la maintient. Il plaque ses ailes. Il la colle au sol, mais pas trop, que je puisse tâter le bréchet. C'est à droite que se fait l'injection. Je ne sais pas pourquoi. On me l'a dit. Je l'ai oublié. Je me tiens à ce que je tiens pour une vérité. Je vise la droite du bréchet. J'écarte les plumes jaunies.

Pour qu'elle reprenne des forces, je la gave. À chaque nourrissage, la matière glisse un peu de la cuillère ou de la petite tasse provenant d'une dînette ou de la seringue à large embout (je varie les dispositifs). Les plumes s'en retrouvent vernies. Sans doute est-ce l'effet du blanc d'œuf qui entre dans la composition de la pâtée. Ce matin, en voyant son plumage, j'ai pensé à de la paille, celle que les aveugles de la Ligue Braille mettent en forme en petits paniers et qu'un magasin du quartier vend pour Pâques. Les plumes vernies et dures lui font comme une carapace, un exosquelette. J'écarte les plumes durcies et j'introduis 0,5 de graduation dans la poule.

Séparément, les deux vétérinaires consultés ne peuvent rien. Mais ensemble ils la sauvent. À les écouter, la poule serait morte deux fois. Mais à les écouter aussi, elle poursuit sa vie. Je prends ici un conseil, un autre là-bas. Des remèdes naturels et d'autres chimiques. Des graines trempées dans l'eau, qui s'amollissent. Un gel buccal pour bébé.

Le second vétérinaire est spécialisé dans le secours à toutes sortes de petits animaux : canaris, perruches, hamsters, souris, et poules. Le vétérinaire parle. Il explique. L'assistante opine. Elle parle avec les mains. Elle enveloppe l'animal de gestes et de mots, à distance. Le vétérinaire expose les options possibles. Celle qui a le plus de chance d'éradiquer la maladie risque aussi de tuer la poule. Je ne choisis pas cette option-là. La discussion se prolonge, sur la condition animale, sur ces poulets de chair qui entre l'œuf et l'abattage auront pris cinquante grammes par jour. Leur vie dure deux kilos et demi.

Le cabinet de consultations est d'un dépouillement extrême. Un bureau, une table. L'animal au centre. Sur le bureau : rien ou presque. Une surface blanche, sur laquelle repose un seul élément. Une feuille plastifiée. Une feuille glissée dans une pochette de plastique. De l'eau semble avoir coulé sur le document. Les mots sont troubles. Néanmoins, j'y lis soutien et le prénom d'un enfant. Le vétérinaire vend des stylos au profit de cet enfant malade. J'y vois un message. Une invitation pour que les propriétaires de petits animaux lâchent prise. Il y a plus grave qu'un petit animal, c'est vrai, mais tout aura été tenté, ici, comme il se doit.

Quand le vétérinaire a rédigé la fiche de la poule, il m'a demandé si elle avait un nom, et si c'était le cas quel est son nom. J'ai répondu qu'elle n'en avait pas. J'ai menti. Pourquoi ? Depuis qu'elle est malade, la poule a un nom. Elle en a même deux. J'alterne. Elle a au moins trois noms, son nom de poule et ceux que je lui donne.

Je repars avec un nouveau traitement susceptible de la soulager, à raison de deux gouttes dans le bec. Deux gouttes, c'est peu. Comment être sûre que les deux gouttes versées ne vont pas sécher dans le bec si elles ne sont pas déposées assez loin ? Comment être sûre que la pipette enfoncée dans la gorge ne va pas en délivrer davantage, avec le risque que cela comporte sans doute ? La poule m'apprend à compter jusqu'à deux, vraiment.

Le vent a fait tomber un pot de fleurs de l'appui de fenêtre. La plante gît racines à l'air. Une limace s'est aventurée sur la paroi intérieure du pot. La poule l'agace du bec. Le vent y croit aussi fort que moi. La poule et le vent m'enseignent l'entêtement. La poule a repris goût au gluant et à ce qui se tortille, du ver nerveux au limaçon qui est le degré zéro du tortillement. J'ai soulevé des pierres, bêché. Le ciel m'a aidée. Il pleuvait. J'ai attrapé par la queue des vers qui filaient. Je les ai sacrifiés. J'ai agité un dernier ver sous ses yeux. Elle en avait assez. Il est retourné dans le grand garde-manger terrestre.

Elle est là. Je la vois, de profil. Elle picore le carrelage à présent. Je la vois et je l'entends. Un clignement d'yeux plus tard, je vois que ce n'est pas elle que je vois mais son alter ego, l'autre poule blanche, positionnée juste devant elle. De tout son corps, l'autre poule la projette dans l'avenir.

Ce matin, elle fait de grands pas. Elle trottine. Il y a longtemps que je ne l'ai vue ainsi. J'avais oublié comment elle était. Aucune comparaison ne vient altérer ma vision. Tous mes regards vont à elle, comme elle est, à l'instant prompte et vive. Je la suis. Je me heurte à la table basse. J'aurai un bleu.

Depuis quelque temps, j'adopte une vision latérale. J'ouvre la porte. Je jette un œil. J'apprivoise ce qui pourrait m'attendre : la vie vaincue.

C'est latéralement aussi que je nourris la poule. Je bascule de la nourriture à la petite cuillère ou à l'aide d'un verre sur le côté du bec, là où il bée d'avoir été trop forcé. Là où il ne se referme plus.

Petite poule qui convoque tous ceux qu'on a cru repartis comme en quarante sur un lit d'hôpital cuillère à la main, ceux qui sont morts en ayant retrouvé l'appétit. Nous les croyions sauvés mais c'est pour l'autre monde qu'ils prenaient des forces.

Les quelques graines que j'enfonce désormais à la main dans la gorge de la poule la mettent en mouvement. Il aura fallu du temps pour que je comprenne que c'est le moyen le plus sûr de la nourrir. Comme il aura fallu salir de nombreux essuies pour l'immobiliser en vue de la gaver, quand il est beaucoup plus simple de la serrer contre ma peau nue. Elle ne se débat pas quand je la nourris le matin ou le soir, avant de m'habiller pour le jour ou pour la nuit. Ses longs doigts pourvus de longs ongles restent inertes. Elle ne me griffe pas. Elle ne l'a jamais fait. Elle m'épargne et moi je mesure à quel point son plus long doigt et mon majeur se ressemblent. Je la dépose. Elle titube. Quelques pas. Elle avance au ralenti, ferme les doigts avant de les rouvrir d'un coup, vite. On croirait qu'elle jette des sorts. Et puis elle file. Elle est lancée.

Le médicament seul n'a jamais suffi. Il a toujours fallu la caresse et la parole, comme il aura fallu les noms. J'ignore le mot pour nommer cette languette nacrée qui tapisse son bec. Cet organe qui fait le travail de la nourrir. Le mot exact, je ne veux pas le connaître. Ni l'orthographe du mot écouvion que j'écris ici phonétiquement. Ni si une poule possède des ongles ou des griffes. Une pensée superstitieuse m'habite soudain. Tant qu'il reste des mots à découvrir, rien ne peut lui arriver. On ne meurt pas innommée.

Aujourd'hui, j'ai entendu sa voix. Il y a longtemps que je ne l'avais entendue. Sa voix. Son chant. Autre chose que le bruit qu'elle produit lorsque la maladie l'étouffe. Je l'ai entendue caqueter et c'est même son rire que j'ai entendu. Le jour du rire, un peu de sang s'est écoulé de la source du rire. Je l'ai essuyé. Une goutte a séché sur ma joue. Je l'ai vue le soir à la lumière des ampoules du miroir. Moi seule sais ce que représente cette tête d'épingle rouge.

Ce matin, la coquille de l'œuf que j'ai cassé a glissé de la table. La poule s'est précipitée. Elle a picoré le calcaire et c'est comme si elle terminait ce que j'avais commencé.

Et voilà qu'en rentrant je ne la trouve pas. Je cherche en vain dans les recoins, dans la cour et le jardin. Je l'arpente. Je regarde au sol et plus haut, dans les branchages. Je regarde par-dessus le mur. Je monte sur une échelle. J'attends que les voisins rentrent et je les alerte. M. m'accompagne sans entrain dans les recherches. Depuis le début, il évoque un acharnement de ma part. Que nous ayons repoussé un voyage l'a agacé. Pour lui, la poule a disparu, c'est une évidence. Quant à savoir comment, c'est un mystère qu'il ne semble pas vouloir élucider. Je lui reproche son manque de persévérance et de voir des mystères là où il n'y en a pas. J'inspecte encore le jardin. Je fais des hypothèses. Je l'imagine emportée par un rat ou un chat errant. Ou envolée. En aurait-elle eu la force ? Je n'y comprends rien. Je lève les yeux au ciel, et là je la vois, petite poule blanche nichée dans une jardinière accrochée à la façade blanche. Seuls sa crête et son bec se détachent. La façade a un bec et une crête. La poule a incliné la tête. Ses yeux ont une couleur que je ne leur connaissais pas.

Le Coq

Il fait partie de ces choses, enfin de ces êtres qu'on aperçoit sans les voir. Un semblant de forme, une impression dans le champ de vision. De ne pas les avoir vus, on les voit doublement puisque les yeux n'ont de cesse de vite vérifier, vite, s'ils ont vu ou pas. En fait, on sait déjà. Ce sont des moments où ne pas voir et voir se confondent. Ce fut le cas avec le coq. Je roulais, assez lentement, rétrospectivement je dirais même à pas d'homme, dans une rue à sens unique proche de chez moi. Ce fut un flash de couleurs rouge et noir sous le porche d'une maison, bas. Bas, non tant le porche que le surgissement des couleurs. Des couleurs qui semblaient attendre qu'on les laisse trouver refuge. Un coq. Je me suis avancée. J'ai tendu les mains. J'avais trop hésité, comme les yeux avaient hésité un peu avant. Mais là où les yeux avaient pu appréhender la réalité, les mains, elles, se sont refermées sur du vide. Le coq s'est enfui. Il s'est immobilisé sur la route. J'ai prié pour qu'une voiture ne débouche pas. J'ai tenté de le rabattre, bras ouverts, vers le trottoir. À cet endroit, une palissade se dressait le long du trottoir. Des planches manquaient sur au moins deux mètres de long et un de large. Le coq s'est engouffré dans l'ouverture. Il m'échappait. Je me suis accroupie pour voir sur quoi donnait l'ouverture. Jamais je n'aurais imaginé qu'un tel espace se déployait là-derrière. Dans le quartier, les maisons disposent de petits jardins séparés généralement par des murs. Ici, la végétation pousse en désordre, de l'herbe, des broussailles, des arbustes. Çà et là, des détritus : des papiers, des canettes, quelques bouteilles, des éléments de mobilier, et des objets que, de là où je me situais, j'étais bien en peine d'identifier. Au milieu de tout : le coq. Il me regardait. Dans la rue, un homme me fixait depuis la fenêtre d'un étage. Avait-il déjà vu le coq ? Savait-il d'où il venait ? Non, il ne voyait pas d'où pouvait débarquer ce coq. Il n'en avait jamais entendu chanter dans le quartier. Il est peu probable qu'il se soit échappé d'un jardin voisin. Mais on ne sait jamais. Il existe maintenant, pour que les coqs ne nuisent pas à la quiétude du voisinage, des dispositifs qu'on attache autour de leur cou et qui les empêchent de chanter. Il était déjà là ce matin, ça oui. Un coq, c'est exactement l'animal qui me manquait. Je l'avais d'emblée imaginé dans mon jardin ce coq, aux côtés des poules, une place toute trouvée. Mais voilà qu'il se soustrayait à son avenir prometteur. Je suis rentrée pour réfléchir à la situation. Les poules picoraient ici et là, inlassablement affairées. Il n'y avait là pour le moment que de la terre, mais elles en tiraient de quoi faire leur bonheur, nourries de graines qu'elles étaient par ailleurs. Mais lui ? De quoi allait-il vivre ? Qu'allait-il boire en cet été caniculaire ? J'y suis retournée. J'ai d'abord essayé de me glisser par l'ouverture en me penchant, mais non, il valait mieux s'engager autrement, le regard tourné vers le ciel. Les bras sur les hanches, depuis ma position en surplomb, j'ai passé en revue le paysage insolite. Une partie du terrain échappait au regard, mais je voyais un arbre fruitier là, et un autre moins haut, et des ronces, beaucoup de ronces autour des deux. Le coq y était niché. Un simple mouvement, et toutes ses couleurs sautaient au visage, comme sous le porche, même de loin. Si je n'étais pas parvenue à l'attraper dans des conditions favorables, lui acculé contre une porte, enserré à gauche et à droite par un mur, comment aurais-je pu mettre la main dessus, dans cet espace si vaste et rempli d'embûches pour moi et d'adjuvants à la fuite pour lui ? Le sol supportait toutes sortes de choses chues ou déposées. Le terrain semblait aussi sauvage que prisé par des visiteurs. J'étais loin d'être la seule à m'être faufilée en ces lieux. La terre avait commencé à incorporer ce qui pouvait blesser : du plastique, du verre et du métal. Une planche m'a permis d'avancer vers l'animal. Je n'étais plus très loin de lui à présent, mais il s'est enfoncé plus avant dans les ronces. Cette fois, il m'était impossible de progresser sans me blesser. Impossible de contourner les ronces. Ici commençait leur royaume. À contrecœur, j'ai rebroussé chemin. L'homme était toujours à la fenêtre. Il a souri. De quoi a-t-il souri ?

« D'ici, on ne peut pas le rater », il a dit. Un peu plus loin, dans la rue, deux hommes en tenue de travail s'affairaient autour d'une camionnette. Ils portaient des chaussures de protection. Je les ai abordés. « Je peux vous demander quelque chose ? » Sans attendre de réponse, j'ai poursuivi : « à m'aider à attraper un coq. Il est là-bas, derrière. » J'ai fait un petit geste évasif en direction du terrain. « Ah le coq », a dit l'homme, comme s'il évoquait une vieille connaissance. « Il traîne là depuis deux, trois jours, à force de l'avoir vu passer et repasser, j'ai pensé à l'attraper et à le manger. » Je n'ai rien dit. Plaisantait-il ? Il a accédé à ma demande. L'autre l'a suivi. Il n'a pas lâché la brosse qu'il tenait, elle nous a bien servi. De l'autre côté du mur, les deux hommes ont ouvert la voie, traçant un petit chemin à coup de bottines, terrassant du plat de la brosse les végétations récalcitrantes. Le coq reculait. Notre territoire grandissait, le sien s'amenuisait, mais ce qui en restait était définitivement infranchissable. « On ne l'aura pas », a dit le premier homme. L'autre a acquiescé. Ils sont remontés vers la route. J'ai gravi la pente à leur suite. Ils m'ont laissée riche de deux idées : porter des bottines et utiliser un instrument pour faciliter la progression sur le terrain accidenté. Je suis rentrée me chausser. J'ai choisi l'outil le plus long, le plus large et le plus lourd que je possédais : un râteau. Et je suis repartie munie d'une bassine dans laquelle j'avais versé de l'eau. Je n'avais pas imaginé que deux rues plus loin l'eau s'épancherait sur le siège. Pas une seconde je n'avais songé à transporter l'eau dans des bouteilles. J'avais aussi prévu un sachet de graines. Une fois passée de l'autre côté, j'ai avancé, m'aidant du râteau pour aplatir un peu plus encore les branches et les broussailles. J'arpentais ces mètres carrés pour la troisième fois. Une impression de familiarité s'installait. J'abattais le râteau de toutes mes forces. J'avais largement dépassé l'endroit où nous avions rebroussé chemin tout à l'heure. J'allais trouver le coq. J'allais l'emmener. Où était-il ? J'ai contourné l'arbre fruitier. J'ai vu les vestiges d'une remise, une porte hors gonds, un trou en guise de fenêtre. J'ai entendu ces bruits typiques, ceux que j'entends dans mon jardin. Des bruissements d'ailes. Des caquètements. Des pépiements. Une poule m'a frôlée, rousse, petite. Je suis entrée dans la remise. J'ai vu et entendu simultanément une petite masse musicale. Quatre poussins. Je n'ai pas revu le coq. Ma quête s'arrêtait là. Je le laissais chez lui, avec les siens. Je suis remontée vers la route. Je pense souvent à cet endroit. Je sais qu'il pleut dans les récipients qui y ont été abandonnés, et pas seulement dans la bassine que j'ai amenée. Je ne m'inquiète plus ni pour le coq, ni pour la poule, ni pour les poussins. Récemment, j'ai voulu emmener M. découvrir l'endroit. J'avais espéré qu'il se glisse à ma suite dans l'ouverture. Comment s'y serait-il pris ? Qu'aurait-il choisi pour y entrer, une position ventrale ou dorsale ? Se serait-il sali ? J'avais une idée derrière la tête : lui demander de décrire le lieu.

Y aurait-il vu de la beauté ? Pour la voir, fallait-il avoir vu auparavant un coq flamboyant qu'on avait cru perdu ? Les semaines avaient passé, moi-même j'aurais redécouvert l'espace. Je ne lui avais rien raconté de ce qui se trouvait ici. Tout au plus savait-il quc j'avais, un jour, pisté un coq dans le quartier. J'espérais secrètement qu'il s'émeuve du spectacle de la vie qui lui serait révélé. Mais contre toute attente, nous nous sommes heurtés à un mur. Pour boucher l'ouverture, on avait utilisé différents matériaux. L'un semblait être un morceau de béton, mais ce ne l'était pas, je l'ai déplacé sans peine. Il y avait aussi une plaque d'aggloméré. Et quelques morceaux de troncs. J'ai espéré que ce ne soit pas l'arbre fruitier. Nous avons regardé par l'ouverture. La saison avait modifié le paysage. Il avait perdu de sa couleur. La pluie et le vent avaient définitivement fauché les broussailles. Je me suis tournée vers M. « On y va ? »

L'œuf du jour

Le chien se décolle de son bras. Au début, le chien s'éloignait et tout son corps à elle tressaillait, à croire qu'il allait se lever d'un bond, ce qu'il ne fait plus depuis longtemps. Le chien l'éveillait brusquement en s'éveillant. Aujourd'hui, elle ne bouge pas quand il se décolle d'elle. C'est un éveil en douceur. C'est différent. C'est comme si son esprit volait, ou son corps, c'est comme si elle touchait la porte, comme si elle l'ouvrait pour l'infirmière (qui a la clé). Le chien qui trottine dans le noir vers la porte encore fermée, et c'est Anne qui surgit. L'infirmière avant l'infirmière. Le chien, c'est une voix de femme, un pas de femme. Elle se redresse dans le lit. Volet qui se lève, lumière, eau qui coule dans la bassine. Flot de mots. Elle sait quoi ? Thérèse divorce ! L'infirmière raconte. La langue râpeuse du gant de toilette la revigore. Elle respire le parfum du savon qu'elle a toujours connu, du Sunlight. Il y a encore un stock au grenier, qui date d'une guerre passée. Tout le monde accumulait du riz, du café, du produit lessive et du savon. Elle acquiesce aux mots d'Anne. Hum hum. Son corps secoué et lavé. Anne cherche une maison. « C'est très important une maison. »

Un chez-soi vraiment à soi. Tout est maison pour celle qu'elle assiste à présent. Elle ne se déplace que chez elle. La cour, c'est encore la maison. Elle s'agrippe au mur extérieur de la maison pour descendre dans la cour. Le mur de la maison, c'est encore la maison. Son territoire grandit au fur et à mesure que la maison se vide. On a dégagé le pourtour de la table. On a évacué un divan. Elle fait plusieurs fois par jour le tour de la table. Sur la table, sur une nappe à carreaux, s'amoncellent des enveloppes vides, des factures et des boîtes, toutes sortes de boîtes, on dirait la maquette d'une ville. Chaque jour, elle modifie leur disposition. Anne lui donne des nouvelles du monde. Quel contraste entre la violence de ce qu'elle raconte et la douceur de sa voix. « Tout finit par s'arranger », elle dit. Elle ne se lasse pas des voix des infirmières, Allyson, Marie-Christine, Sofia ou Anne. Si différentes. Allyson et son verbe haut, qui continue de parler depuis la cuisine, jusqu'à crier. Qui n'entend pas ses réponses, et qui continue seule. Ténor l'adore. Il la suit. On entend ses petites griffes sur le carrelage. Toutes ces voix résonnent encore après leur départ. Elles s'éloignent, prennent la parole ailleurs. Que racontent-elles ? Une fois la porte fermée, Ténor se couche derrière. Il attend le retour des voix. Il guette les bruits. Tout est bon pour aboyer. Le propre de Ténor, c'est d'aboyer ; le sien, c'était de marcher. Elle adorait ça, des heures durant. Elle s'astreint à marcher encore.

Chaque pas lui pèse. Chaque pas est juste. Une victoire. Elle vit chaque pas. Vieillir est une réussite totale si l'on y pense. L'ultime réussite. Elle se voûte. Ses doigts se recroquevillent. Pourtant, elle n'a jamais si bien saisi et déplacé les choses, lentement, avec une immense concentration. Des choses, elle perçoit la silhouette, le dessin. Elle voit l'aura des choses, des animaux et des humains. Elle voit autrement. Contre le mur de la maison, il y a une autre maison, une réplique minuscule d'une maison. Une maison pour la poule, avec son toit pentu, sa porte et ses fenêtres. Un poulailler amélioré. Elle avance vers lui, une main contre le mur. Elle glisse la main dans l'habitacle. Elle tâtonne. Se baisser davantage, elle ne pourrait pas, mais ce n'est pas nécessaire. Son corps se plie juste ce qu'il faut pour que la main atteigne l'œuf. Avec l'œuf viennent quelques brins de paille. Ils tombent pendant le trajet vers l'intérieur de la maison. L'œuf est doux. Duveteux. Un œuf fécondé est-il plus chaud qu'un œuf qui ne l'est pas ? Il n'y a pas de coq dans le jardin, pas encore, elle aimerait qu'il y en ait un, s'éveiller en douceur à son chant. L'œuf dégage une très légère chaleur. L'œuf réchauffe-t-il sa paume ou sa paume réchauffe-t-elle l'œuf ? Elle serre les doigts, juste ce qu'il faut, juste ce qu'elle peut. Ses mains ne se ferment plus. Ses mains entrouvertes, prêtes pour l'œuf du matin. Il y avait deux poules dans le jardin, l'une rousse et l'autre noire. Elle les voyait au loin, réduites à leur plus simple expression. Du roux et du noir en mouvement. Indissociablement liés, solidaires, amis. Un jour, elle n'a plus vu que de la rousseur. Elle a crié au renard. Elle a hurlé. Elle a nommé le renard. Le nommer pour le chasser. Depuis, un verrou a été ajouté à la petite maison. Un verrou doré comme de la paille. Chaque matin, elle ouvre la porte. Chaque soir, aussitôt la poule rentrée, elle la ferme. Le renard peut rôder. Chaque matin, elle prend livraison de l'œuf. Elle caresse la poule et elle la libère. Bientôt, la poule aura de la compagnie. Elle pense à tout cela en rentrant, son œuf dans la main, sa rondeur, sa douceur, son soleil, sa montre, son horloge vivante.

Les Éléphantes

C'était l'été de ton apprentissage de la lecture. De ton réapprentissage. Nous avions tout repris à zéro. La méthode globale ne te convenait pas. Tu mélangeais tout. Cette méthode qui misait sur la correspondance entre des images et des mots t'embrouillait. Sous tes yeux, dans ta bouche, les mots écrits suscitaient d'autres images que celles qu'ils étaient censés faire naître. Tu décryptais les toutes premières lettres. Elles t'égaraient. Tu te fiais aux lettres. Tu ne gardais pas la mémoire des images qui auraient dû aiguiller ta lecture. Ce qui m'intriguait par ailleurs. Je ne comprenais rien à ton fonctionnement. Tu fonçais tête baissée dans l'écrit. Impulsive. La première syllabe d'un mot te conduisait à un autre. Le li de liberté faisait naître en toi l'image d'un livre. Rou de route devenait rouge dans ta bouche. Les phrases les plus simples pouvaient devenir extravagantes. Je trépignais. J'ai lu le désarroi dans tes yeux. Nous qui avions parcouru tant de livres d'images. Combien de fois n'avais-je pas tourné les pages de l'histoire de la tortue qui redoute de sortir la tête de sa carapace, ou celle du petit hérisson qui s'abrite dans une pantoufle abandonnée, piquants contre fourrure synthétique ? Tu te blottissais contre moi, tu demandais des images et mes mots. On était bien. Puis il y eut l'école, la maison à quitter, ton égarement dans les lettres et mon manque de patience. À plusieurs reprises, à bout de nerfs, j'avais eu des mots cruels, t'accusant de chercher l'erreur, de la provoquer pour me fatiguer. Comment avais-je pu ? Comment avais-je oublié la dernière lecture qu'enfant mon père m'avait faite, avant de refermer le livre et de m'enjoindre à lire seule désormais. C'était une histoire d'animaux. D'aigles et de nids, car les aigles aussi qu'on imagine tournoyants au-dessus des têtes et dans les paysages ont besoin de nids, et qu'il existe des rochers où accrocher des nids. Fermant le livre, mon père me délogeait de notre nid. Comment avais-je pu oublier que la lecture qui engendre de grandes joies peut aussi être à l'origine de peines profondes ?

Sans doute m'en étais-je souvenue cet été-là, au moment où j'ai mis le compteur de l'auto à zéro. Les kilomètres allaient nous éloigner de tout ce qui était si fastidieux. Le voyage commençait maintenant. Nous sommes parties, direction le parc de la Tête d'Or, à Lyon. Nous filions, laissant des noms dans notre sillage, des villes connues de moi, encore inconnues de toi. Nous nous arrêtions sur des parkings, dans des stations-services. Nous avions tout le temps devant nous. Tu trottinais en short. Le soleil était au rendez-vous. Tu prenais le soleil. Tes petits mollets, tes sandalettes, tes cheveux blonds qui s'échappaient d'une tresse en frisottant. Tes mots d'éternelle commentatrice. Le temps d'essayer de t'apprendre à lire, j'avais oublié combien je t'aimais. Nous sommes entrées dans Lyon. Nous avons trouvé le parc de la Tête d'Or comme dans un rêve, sans lire le plan, comme si nous connaissions d'instinct la route, comme si nous étions déjà venues. La ville allait s'offrir. Il y avait la promesse du fleuve, de la basilique, des vieux quartiers et des nouveaux. Mais avant tout : le parc. Nous avons franchi la grille. Ce parc, j'avais failli m'y rendre sur un coup de tête, quelques mois plus tôt, pour manifester. Deux éléphantes, Baby et Népal, en avaient été extraites pour une présumée tuberculose. Une pathologie fatale et contagieuse. Leur euthanasie était programmée. Un soigneur s'y était opposé. Le diagnostic n'était pas certain. Quand bien même il se serait agi de tuberculose, les éléphantes n'étaient pas condamnées. Il avait alerté les médias. C'est ainsi que j'avais découvert l'affaire, en écoutant la radio un matin, très tôt. L'indignation du journaliste, d'ordinaire si objectif, m'avait gagnée. Une pétition circulait. Il appelait à la signer. J'avais allumé mon ordinateur, j'avais signé. Les jours suivants, Baby et Népal avaient continué à faire l'actualité. Une grâce présidentielle avait été demandée. Brigitte Bardot était intervenue. Ce fait divers n'en finissait pas de m'émouvoir.

Au moment où nous nous garions devant le parc, les éléphantes étaient sauves. Elles vivaient désormais loin de là. Elles avaient été transférées à Monaco. Elles avaient été cédées à la Principauté par le directeur de cirque auquel elles appartenaient.

Le parc de la Tête d'Or n'avait fait que les héberger. L'histoire avait cependant eu le mérite de jeter un coup de projecteur sur la vie des animaux en parcs animaliers, ces lieux où il n'est pas rare que des animaux vieillissants soient éliminés au profit de jeunes plus vifs et attractifs.

Baby et Népal nous accueillirent pourtant. Une immense photo garnissait la grille d'entrée du parc. Elles remerciaient tous ceux et toutes celles qui s'étaient démenés pour leur survie. Elles avaient l'air de sourire. C'est ce que tu as dit. Alors que nous nous engagions dans l'allée principale et que je tenais encore ta main, je me suis retournée pour voir si elles souriaient vraiment, si on pouvait voir ça sur la photo. C'est alors que je l'ai vue. Elle avançait d'un pas peu assuré. Elle se dandinait, engoncée dans une veste épaisse et longue, un manteau presque mais pas tout à fait. Sa démarche était-elle entravée par le vêtement ? C'est possible. La veste était chamarrée. J'ai ralenti. Les motifs se sont précisés. Des fleurs ? Non, des dessins sur la peau d'un animal. Les ocelles sont arrivés à notre hauteur. La dame n'était pas très grande. Elle portait des lunettes aux verres si épais qu'ils semblaient entraîner la monture vers le bas. Nos pas se sont accordés. Votre curiosité avait la même durée. Vous vous détachiez ensemble des animaux. Tu essayais de décrypter leurs noms, les informations sur leur mode de vie, leur alimentation. Tu n'étais donc pas dégoûtée de la lecture.

Tu lisais si bas que je n'entendais rien. Elle aussi lisait, un ton plus haut. Sa voix, sa bouche entraînaient les tiennes. Lors de nos leçons de lecture, je garde le silence. J'attends que tu lises, que tu reconnaisses les lettres et leur combinaison. Mon mutisme peut être pesant, et dur mon regard. Je vous ai écoutées. Vous m'avez fait la lecture. J'ai entendu des noms que je ne connaissais pas. Il y avait là des animaux improbables, des corps disproportionnés, des couleurs indéfinissables. Le plus étonnant cependant résidait dans les hauteurs des clôtures. Toutes étaient identiques. Comme s'il fallait empêcher les hommes de les franchir pour rejoindre les animaux. Comme si l'inverse n'était pas possible, comme si les animaux les plus grands n'allaient jamais envisager de passer la frontière qui les séparait des humains, comme si toute idée de les blesser leur était étrangère, comme si la perspective de la fuite n'existait pas. Nous avons visité l'Europe, l'Afrique et l'Asie, découvert le minuscule et le gigantesque. Nous avons arpenté la savane et la forêt. Ici un cœur pouvait battre mille fois en une minute, ailleurs quelques fois seulement. Et dans les deux cas, c'était un cœur. Autour de nous des gens marchaient. Des enfants roulaient à vélo. Des pédalos progressaient sur l'étang. Une paix baignait les lieux, celle dans laquelle vivent aujourd'hui Baby et Népal. Puis le jour s'est mis à décliner. Il était temps de se quitter. Elle a levé la main, pas pour nous saluer comme je l'ai d'abord cru, mais pour nous désigner un endroit. Il y avait là-bas une portion d'allée dégradée. Il fallait regarder où l'on mettait les pieds. Elle a glissé ses lunettes dans sa poche. J'ai vu briller son regard. Il m'est clairement apparu qu'avait resurgi un personnage de mon enfance, cette voisine au manteau léopard, à la bouche toujours rouge, au rouge dépassant le dessin des lèvres. Cette femme à la si grande bouche qui y voyait de moins en moins et que des crises d'hypertension mettaient à terre mais qui toujours se relevait. Ses gâteaux étaient truffés d'œufs de poules qu'elle élevait dans un jardin aux fleurs à hautes tiges. Elle mettait toute son énergie à protéger ses poules des renards, rentrant chez elle dès dix-sept heures, pour les enfermer au poulailler, vivant en définitive elle-même comme une poule. Ses rares sorties la menaient en tram chez des amies, munie d'un gâteau et d'un bouquet de fleurs (lupins, phlox, tulipes). À l'intérieur de la maison : beaucoup de plantes, essentiellement des palmiers. Ils montaient le long des murs, se ployaient puis glissaient sous le plafond. Des géants tordus emplissaient la vue. Une vraie jungle pour l'enfant que j'étais. Après la mort de notre voisine, on a trouvé dans le jardin, quelques centimètres sous terre, dans une pochette, les photos d'un enfant inconnu de tous. Un bébé dans le creux des bras de sa mère, puis un tout jeune enfant marchant tenu par la main, on ne voit jamais qui le tient, un petit garçon assis, les mains posées sur les cuisses. Un doigt se soulève légèrement. L'enfant n'était-il pas prêt pour la photo ? Voulait-il prendre la parole ? Pour dire quoi ?

Aujourd'hui, il me plaît de me souvenir de deux éléphantes, de deux vieilles dames et de deux enfants, toi alors que tu pesais dix fois moins qu'un éléphanteau au premier jour de sa vie et lui, l'enfant qui a continué sa croissance sous forme de fleurs, dans un jardin prodigieux.

Les Tigrés

Il avait accouru, la pulpe des doigts couverte de sang. La mère avait poussé un petit cri. Ses yeux n'étaient pas remontés jusqu'au regard du fils ni jusqu'à sa bouche entrouverte et vite refermée. Le père aussi avait crié. C'était souvent comme ça entre les parents. L'un criait, l'autre aussi. L'enfant connaissait ça par cœur. Le premier cri, qu'il sentait arriver. La voix de l'un ou de l'autre se modifiait légèrement. Il y avait des silences, puis il n'y en avait plus. Mais aujourd'hui, c'étaient des cris différents. C'était mieux. « Qu'as-tu fait ? » En guise de réponse, l'enfant avait montré le lieu du sang, la chambre des parents.

Le chat était étendu au fond de la garde-robe. Il était entré par la porte-fenêtre. La double porte de la garde-robe était, elle aussi, entrouverte. Le chat s'était couché et avait mis au monde ses petits. Ils étaient cinq. La mère de l'enfant décida qu'on laisserait les animaux dans l'armoire, puisque c'est l'endroit que le chat avait choisi, délaissant le panier qui avait été préparé dans le salon. Deux chatons survécurent. Les trois autres émirent des râles qui furent pris pour leurs premiers miaulements. L'enfant pensa pour sa part que les chatons se disputaient. Il continua de le croire et en déduisit que crier est une maladie mortelle. N'ayant plus que deux petits, la chatte paradoxalement mit moins d'énergie à les nourrir. Elle sortait. Elle rentrait. Ce que les parents prirent pour de l'indifférence et de la négligence était de la détresse. Son lait commença à se tarir. Les petits criaient de faim. On rapatria la famille dans le séjour. Elle passa de l'obscurité à la lumière. Les petits tétèrent biberons et mamelles. Le père, la mère et l'enfant se penchaient au-dessus du panier. C'était un moment de paix suspendu au-dessus des museaux. Vers leur quatrième semaine, il apparut que les chatons étaient en tous points similaires. Pas une ligne qu'ils ne partageaient, pas une tachette qui ne se reproduise sur l'un et sur l'autre, pas un cil qui ne manque à l'un et non à l'autre. Jusqu'aux paillettes dans les yeux, jusqu'aux coussinets des pattes, en tous points pareils. Cela ne leur enlevait rien. Cela donnait plus d'existence à chacun d'eux. Ils se mirent à ramper. Ils sortirent du panier. Impossible de distinguer un meneur et un second. C'étaient des chatons ex æquo. Des joueurs, dont les jeux ne tournaient jamais aux conflits. Les parents ne furent pas insensibles au tableau. Ils furent heureux de voir survivre les deux chatons. Les regardait-on avec insistance, ils miaulaient. Ils communiquaient avec l'humain. À leur vue, le couple reprit espoir, le père et la mère chacun de son côté, sans s'en ouvrir à l'autre. La force leur manquait pour en parler comme manquait encore aux chatons l'élan pour sortir de la maison. Ils miaulaient devant les murs. Ils levaient le nez vers la lumière. Leur mère parfois filait vers la porte, se retournait pour voir s'ils suivaient, mais l'entreprise en restait là. À mi-pièce, les chatons rebroussaient chemin. Le père de l'enfant souffrit de nostalgie, nostalgie de l'âge d'or du couple, un âge d'avant l'enfant. Lorsque les chatons sortirent enfin, les états d'âme des adultes s'estompèrent. La tension revint. Le petit garçon pleurait quelquefois de devoir courir derrière des chats épris de liberté. Il avait peur qu'ils s'égarent dans le jardin, dans le quartier. La chatte s'installait de plus en plus souvent sur ses genoux devant la télé, ou quand il était penché sur sa console de jeux. Il se souvenait bien de sa sensation, quand il avait glissé sa main sous elle, dans la garde-robe ; elle s'était soulevée pour accueillir la main. Il se souvenait si bien de sa main entre chaleur animale (dessus) et froideur du sang (dessous). Sa main comme le dernier-né. Il avait saisi la vie toute neuve, entre le chaud et le froid. La vie encore emballée dans d'étranges poches.

Un soir, les parents expliquèrent à l'enfant qu'il allait avoir deux maisons. Les chats tigrés lui avaient tout appris du chiffre deux. Il imagina deux maisons jumelles. Il entreprit de diviser ses jouets. Il réalisa qu'il en avait beaucoup.

De les imaginer séparés, son père et sa mère lui parurent plus grands, plus forts. « Tu auras un chaton d'un côté et de l'autre », lui dirent-ils. « Et la mère ? Elle sera où, avec quel petit ? » Le père et la mère gardèrent le silence. Aucun d'eux ne s'était posé la question.

Errants

Il allait et venait dans la rue. Parfois il s'attardait sur le seuil d'une maison à l'intérieur de laquelle il avait pu manger, où il avait pu se réchauffer, le seuil où une âme charitable avait déposé de la nourriture. Mais l'hospitalité n'a qu'un temps. L'assiette disparaît. La porte se ferme. Qu'il aille voir ailleurs. Que manquait-il au chat pour être adopté ? Tant d'autres chats errants dans le quartier finissaient derrière les fenêtres, observant avec une expression difficile à définir cette rue d'où ils venaient. Une assiette disparaissait, mais une autre faisait heureusement son apparition. La rue aidait le chat, une assiette à la fois. Les jours sans assiette, et il y en avait, quand le chat était las de miauler, quand il n'y comprenait plus rien, pendant ces jours de battement, le chat gagnait le terrain vague. D'autres chats y étaient nourris. Ceux-là appréciaient la compagnie des chats et de quelques humains fidèles, des gens du bas de la ville, aussi bien que du haut (le terrain se trouvait à mi-chemin entre les deux). Certains venaient de plus loin encore, en voiture, en bus. Un homme âgé avait inscrit le déplacement dans les activités hebdomadaires destinées à le tenir en forme. Il débarquait chaque semaine, des boîtes de conserve enfermées dans un sac en plastique, les anses nouées réduites à une seule. Il apportait sa contribution. Nous nous saluions parfois. Il parlait peu. Il ne parlait pas vraiment. Juste un bonjour en réponse au mien est-ce parler ? Je l'ai trouvé essoufflé l'autre jour. Un verre d'eau, un biscuit ? Il a refusé. Il ne voulait pas déranger. Je vous raccompagne ? Vous habitez loin ? Il n'a pas répondu. Il a repris sa marche, lentement. L'espace de nourrissage des chats est circonscrit à quelques mètres carrés. Il est situé devant un divan défoncé déposé derrière une clôture éventrée, celle d'un terrain de tennis. Les gestionnaires ne s'en sont jamais inquiétés, pas plus que le service de nettoyage de la ville. Les chats y grimpent volontiers. Peut-être ce seul divan fait-il une maison de l'espace où ils ont été abandonnés, où ils se sont perdus, où ils sont nés ? Peut-être des chats ont-ils choisi de vivre autour de ce divan sous le ciel ? Peut-être fait-on fausse route en parlant de chats errants ? Le chat nourri par la rue, lui, ne se laisse pas appâter par un vestige de divan. Il convoite un vrai toit. Il a gardé l'espoir. Il y a peu, il a été heurté par une voiture. L'arrière-train a été atteint. Le chat est devenu incontinent. Il laisse des traces d'urine mêlée d'excréments sur les seuils. Il en est chassé. Je l'ai recueilli. Pourquoi seulement maintenant ? Parce qu'il est blessé ? J'ai appris à vider sa vessie, car c'est le trop-plein de la vessie qui se déverse. Vider la vessie interrompt la perte de substance et évite la macération de l'urine. Il suffit de presser le bas du ventre. La pression contribue en même temps à nettoyer les intestins. L'état du chat s'est amélioré. Il a retrouvé le contrôle de sa vessie, pas encore celui de ses sphincters. Il laisse toujours des traces d'excréments derrière lui. Il est accidenté, mais pas malade. Il mange avec voracité. Il avale compulsivement. Son anus rouge, gonflé, protubérant au début, a cédé la place à une espèce de court museau. Le chat est doté de deux faces. L'une que j'évite de regarder pour mieux me concentrer sur la première, ses yeux expressifs, sa petite langue rose. Je vois sa tête de tous mes yeux, ses petites dents, ses oreilles que coiffent deux minuscules plumets. « Il pourrit de l'intérieur. Il se vide », a déclaré M., dégoûté. Mais non, le chat ne pourrit pas. Il n'a jamais été aussi affectueux. Je pose un essuie sur mes genoux. Il s'y love. Malgré l'épaisseur du tissu, je perçois la chaleur de son corps. Parfois, je le renvoie à l'extérieur. Je le dépose sur le seuil, pas celui de la rue, celui qui mène au jardin. Ce qu'il peut laisser de lui ne m'impressionne plus : ses déjections sur le seuil, sur l'appui de fenêtre, sur la table de jardin, malodorantes mais vite sèches. Il est inutile de nettoyer quand les fèces sont molles. Il faut attendre qu'elles sèchent, devenues presque terre. Friables. Je les époussette. Elles tombent. La présence du chat m'a conduite parfois, c'est vrai, à me cloîtrer. Je le vois sur l'appui de fenêtre ou derrière la porte vitrée. Il n'est plus qu'une tête suppliant de le laisser entrer. Et pendant qu'immobile je suis spectatrice de ses supplications, c'est une pression dans mon ventre que je sens. Le chat a disparu. Et ce sont mes organes qui se pressent derrière la vitre. Mes organes ont remplacé la tête du chat. Ils passent et repassent, errants. Ils veulent rentrer, retrouver leur place bien au chaud. J'ouvre la porte.

Les Oiseaux

D'aussi loin qu'il se souvienne, il photographiait. Enfant, sans appareil encore, les mains le remplaçant, dans un sens puis dans l'autre, vite, clic clac, il photographiait. Le détail n'en était plus un. Il contenait le reste. Il parlait pour le tout. C'étaient des photos éphémères. Mieux : invisibles. Il baissait les bras, et la réalité redevenait complète. Lui seul voyait encore la photo devant. À l'adolescence, la photographie a continué à lui plaire. Peut-être parce qu'il ne faut vraiment que des mains et des yeux pour s'exercer à la photo. Que le matériel n'est pas le principal. Que le développement à l'époque se faisait dans une installation collective et qu'il se sentait moins seul. Sous ses yeux ravis, ce qu'il avait capturé renaissait. Il photographia des mains, des arbres, des animaux et des dos. Il eut vingt ans et la photographie l'aida à gagner un peu d'argent. On lui demanda de photographier un mariage puis un autre et un troisième. De rendre les visages, les robes et les costumes, les mains nouées, les tables et les nappes, la décoration, le bonheur et l'espoir qu'il dure. Son cœur se serrait devant le soin apporté à des détails. L'amour ne laissait rien au hasard. Le photographe photographiait. Il mitraillait. Les couples posaient dans des parcs, dans des bois, au bord d'un lac, la mer en toile de fond parfois. Un oiseau passait, trace floue sur la photo. Les mariages lui laissaient un sentiment bizarre, un goût inqualifiable en bouche. Il en sortait l'œil barbouillé. Une future mariée lui demanda de poser sur son lit, assise seule, face à un miroir. Son double féminin et elle. Après les photos, elle se releva et il l'entendit murmurer : « Il faut bien y aller. » Une autre jeune femme se saisit des photos qu'il lui apportait et les fourra dans un tiroir. Il était notoire qu'elle avait un amant. Il en conçut du découragement. En sortant de la maison de la mariée, il leva les yeux au ciel. Un sujet tout trouvé le ciel. Un sujet infini, large, tout le contraire de détails. Il photographia jusqu'à plus soif le ciel au-dessus de chez lui, depuis le balcon, ciel quasi domestique et toujours changeant. Au printemps, il baissa les yeux vers le jardin. Les oiseaux étaient revenus. Il déclencha. Étaient-ce des mésanges, des moineaux ou des chardonnerets sur ses premières photos ? Il les montra à Hélène. Elle redécouvrit le jardin elle aussi. Mais cela ne dura pas. Elle regarda de plus en plus rapidement les clichés. Elle se détourna même du jardin. Il nourrit les oiseaux. Il déposa des graines, des boules de graisses, puis de la nourriture humaine, du pain, des pommes de terre, des légumes. Les oiseaux s'enhardirent. Il redouta de fabriquer des proies pour les chats. Il changea de terrain d'inspiration. Il s'éloigna. Il marcha beaucoup. Il sentit l'effort. Il éprouva des sensations qu'il avait oubliées : sa respiration, ses muscles. Son visage se hâla. Il découvrit dans des livres, sur le Net, la faune de la région. Il ne l'imaginait pas si riche. Des aigrettes, des alouettes, des bernaches, des bouvreuils, des bruants, des grièches, des troglodytes et tant d'autres. Il voulait maintenant les voir de ses yeux, et puis éventuellement les photographier. Mais voir, voir. Il s'embusqua. Il attendit longtemps, pour un maigre butin, quelques photos. Il posta des clichés sur Facebook. Un homme lui envoya un message. Il était photographe lui aussi, mais professionnel, animalier. Il connaissait la région, ses richesses, les forêts, les carrières. Il lui montrerait où trouver les plus beaux spécimens. Effectivement, il le fit. Parfois, il restait auprès de lui, immobile. Parfois, lui aussi photographiait. Ses photos étaient somptueuses. Il possédait le matériel le plus sophistiqué qui soit. Le photographe amateur n'en prit pas ombrage. On vit apparaître sur leurs pages Facebook respectives les mêmes clichés, mais les uns plus nets, les autres plus flous. Ils saisirent les scènes les plus délicates, celles d'accouplements, de sorties du nid, de nourrissages des petits et de nourrissages des femelles par les mâles (des offrandes). Ils eurent une période dévolue aux zooms. On vit en gros plans de nombreux oiseaux la gorge déployée avalant des poissons. Ils se passionnèrent pour les martins-pêcheurs. Ils les saisirent à la sortie du terrier. On commença à évoquer leur tandem dans les groupes amateurs et puis dans la profession. Ils s'éloignèrent de la région qu'ils connaissaient. Ils entraient en terre étrangère. Ils passèrent à des gabarits plus grands : des buses, des hiboux, des cigognes. Ils envisagèrent de changer d'inspiration, de quitter les oiseaux pour du gibier. Ce serait pour un peu plus tard. L'un désirait encore réaliser une série consacrée aux troglodytes et l'autre aux vanneaux, des animaux qui cohabitent parfois sur la même branche. Ça tombait bien.

Au ciel

Deux fois, Geronimo s'est éloigné. Deux fois, il est revenu. On l'a ramené à Giuseppe plutôt. Le même homme vêtu de noir. Giuseppe ne l'avait jamais vu dans le quartier, mais lui le connaissait. Il s'est présenté devant la camionnette ouverte. Comme souvent, Giuseppe était à l'intérieur. « Je suppose qu'il vient d'ici », a dit l'homme. Il portait Geronimo. Giuseppe ne s'était pas aperçu que Geronimo s'était aventuré si loin. C'était dans ses habitudes de sortir de l'habitacle. Il le faisait de plus en plus. Il grandissait. Il explorait les alentours. Il sautillait sur le trottoir puis hop il revenait dans la camionnette. À l'intérieur aussi, il s'exerçait. Depuis sa guérison, Geronimo ne tenait plus en place. Il s'appliquait à des activités de rangement. Il venait de découvrir l'alignement. Il alignait des bouts de ficelle, des morceaux de papier et des piles petites et rondes. Il venait d'exporter ses compétences d'alignement sur le trottoir. Il avait déposé côte à côte des capsules chinées ici et là. Les capsules, ce n'est pas ça qui manquait. La première fois que l'homme lui avait ramené la jeune corneille, Giuseppe avait failli lui expliquer que l'éloignement de Geronimo était dans l'ordre des choses, qu'il était souhaitable, qu'il avait confiance dans ses ressources, mais par politesse il l'avait remercié. La deuxième fois, quand il avait aperçu l'homme et Geronimo au bout de la rue, au carrefour, il lui avait semblé qu'ils allaient prendre la direction opposée à la camionnette. L'homme avait hésité, c'est sûr. Giuseppe lui avait demandé de ne plus toucher à l'oiseau. Aujourd'hui encore, Geronimo manque à l'appel, c'est le troisième jour. Giuseppe ne peut s'empêcher de songer à l'homme en noir. Entre les corneilles et Giuseppe, ça avait pourtant plutôt mal commencé. Les corneilles sont des prédateurs pour les pigeons, et toute la vie de Giuseppe était consacrée au sauvetage des pigeons. Il avait pourtant longtemps été insensible à leur sort. Enfin, ce n'est pas vraiment ça. Pendant des années, les pigeons n'existaient pas. Il ne les voyait pas. De son appartement, il avait vue sur l'esplanade, les gens sur l'esplanade, le Centre Pompidou. Il ne s'en lassait pas, on ne se lasse pas de ce spectacle, les tubulures, les couleurs, les artistes, le mouvement permanent. Les oiseaux, il ne les voyait pas. Ils n'étaient pas encore entrés dans son champ de vision. Les pigeons étaient encore dans les limbes. Ils allaient faire une entrée fracassante dans sa vie un jour de juillet. Ce jour-là, une nuée de manifestants avaient envahi la place. Les associations de protection des animaux s'étaient donné rendez-vous devant le musée, donc en bas de chez lui. Des centaines d'hommes et de femmes criaient au scandale. Des dizaines de milliers de pigeons étaient gazés chaque année à Paris. Certains arrondissements ne s'étaient pas encore dotés de pigeonniers où des graines contribuent à la stérilisation des oiseaux. Par manque de popularité, décriés pour de fausses raisons sanitaires, haïs par les défenseurs du patrimoine, honnis par les habitants des immeubles où ils nichent, les pigeons sont les grands oubliés des politiques municipales. Pire, les traiter comme des nuisibles peut rapporter gros : des voix. C'est une espèce sacrifiée. Giuseppe était descendu parmi les manifestants. Il avait écouté les chiffres et les arguments. Il avait vu les photos. Dans le camp des opposants, il avait rencontré des voisins. Dès le lendemain, il voyait les pigeons. Il voyait parmi eux les plus faibles, les amaigris, les blessés et les malades. C'est fou, pensa-t-il, au cœur de la révélation. Il redouta que le changement en lui soit réversible. Cela restera une de ses grandes craintes, jusqu'au bout, jusqu'à aujourd'hui. Redevenir insensible. Le premier pigeon qu'il ramena chez lui fut un jeune pigeon, le bec encore épais, aux plumes rares. Il l'avait nourri. Il avait appris jour après jour à ouvrir le bec, à forcer sa résistance. Le pigeon apprenait à se nourrir, et lui apprenait à nourrir le pigeon. Dans son carton, le pigeon battait des ailes. Giuseppe devait se souvenir longtemps de la journée où il l'avait libéré. Il y eut le premier pigeon et les autres. C'est sans fin : soustraire les pigeons aux becs et aux crocs des prédateurs, aux coups des passants, aux roues, les réchauffer, les badigeonner, les gaver, leur administrer des traitements, leur faire des injections, les relâcher, en trouver dix autres. Il se mit peu à peu tout l'immeuble à dos. Les voisins épiaient ses va-et-vient. Ils comptaient les pigeons remontés dans l'immeuble. Ils réunissaient des preuves. Ils constituaient un dossier contre lui. Il a fini par être expulsé. Il se partage entre deux camionnettes. Il occupe deux places de parking. Il alterne leur stationnement. Il est interdit de garer un véhicule au même endroit plus d'une semaine. Si c'est le cas, il est embarqué. Les deux véhicules stationnent devant un magasin et un restaurant. Le jour, il redresse son matelas. Il s'assied sur une pile de journaux. Il ouvre grand les portes. Il gave, il tamponne les yeux, il perce des abcès, il masse des ailes. Il revalide. Il lance de la nourriture. Il nourrit le monde entier. Des moineaux viennent se percher à l'intérieur. Le plafond bas est plus tentant que le ciel. Aucune fiente ne tombe jamais sur le sol, ni sur le matelas, ni sur les sacs de nourriture, ni sur les bouteilles d'eau, ni sur les vêtements de Giuseppe. On a lancé des injures à Giuseppe, puis de l'eau de javel. On lui a porté des coups. On dépose des plaintes contre lui. On empoisonne les pigeons. Lui aussi porte plainte. On ne s'en prendra pas indûment à eux ni à celui qu'il est devenu : un handicapé à la vue abîmée, au dos cassé par des bastons. Giuseppe marche plié en deux. Parfois, il s'adosse à un mur. Il lève les yeux au ciel. Il tend le cou. La douleur se tait. C'est l'exercice de rééducation qu'il a inventé. Sa kiné à ciel ouvert. Et Geronimo qui ne revient pas. Au début, les corneilles furent les ennemies de Giuseppe. La vue des pigeons la tête arrachée jusqu'à l'encolure, la signature des corneilles, le rendait fou. C'est lorsqu'un autre prédateur, plus terrible encore, le faucon, s'est manifesté qu'il a reconsidéré son point de vue sur les corneilles. Agressives, les corneilles différaient l'attaque des faucons sur les pigeons. Même si elles continuaient à prélever leur écot, elles changeaient de statut pour lui. Les faucons avaient les faveurs des autorités. Des caméras avaient été braquées sur les nids. Les touristes étaient friands de ces images. Les Parisiens aussi. Giuseppe nourrissait désormais les corneilles. Il en attira d'abord trop, puis régula leur affluence en réduisant leur nourriture favorite. Une fois repues, à part l'une ou l'autre particulièrement vorace, elles épargnaient les pigeons. Les faucons restaient à distance. Chaque matin, c'est le même travail. Évacuer les oiseaux morts, parmi lesquels de jeunes pigeons qui ne maîtrisent pas encore le picorage quand ils quittent le nid. Au sol, ils avancent à peine. Ils ouvrent le bec, dans l'attente d'une becquée qui ne viendra plus. Affamés, ils apprennent par imitation. Ils essaient de dérober un peu de nourriture dans le bec de congénères, en vain souvent. Tout se joue dans les trois premiers jours de la descente du nid. Affaiblis, ils appâtent les rats. Voir chaque jour des morts et des blessés. Ne pas s'y résoudre. Continuer. Il vit penché depuis dix ans sur des ailes et des becs. Dix ans à insuffler la vie dans des becs, à guetter les signes de la guérison. Il accepte de l'aide, de touristes souvent, pour les pigeons, pour les graines. Rien pour lui. Il a tout. Il lui manque juste du temps. Il a un mot, un seul, pour ceux qui, parfois pour son bien, voudraient le détourner de sa mission : épouvantails. Des femmes insistent parfois. Elles voudraient le sauver. Dans ses cauchemars, une femme le chevauche. Elle colle sa bouche à la sienne et lui distille un faux amour, tellement faux que cet amour les empoisonne tous les deux.

Mouchette

Elle était échouée sur un banc de sable. Le paysage était désert. Je n'ai même pas le souvenir que des oiseaux volaient au loin. J'avais croisé peu avant un chien et son maître. Le chien vagabondait devant le maître. Mouchette pouvait-elle avoir été blessée par le chien ? C'est la première explication qui m'est venue à l'esprit : une mouette, un chien, liés l'un à l'autre. Le vétérinaire m'expliquera plus tard qu'une simple égratignure peut avoir de grandes conséquences chez les oiseaux. Le mal d'aile ne connaît pas la mesure. Une griffe est aussi grave qu'une morsure. La scène se déroulait dans une réserve naturelle qui avait été rénovée à grands frais. Des millions d'euros avaient été investis. J'avais entamé la visite peu avant de me pencher sur Mouchette et de l'amener à l'accueil. La promenade avait tourné court. J'avais vu des choses anecdotiques, celles qu'on place en début de parcours, pour l'échauffement des pupilles : un hôtel à insectes, certes géant ; des perchoirs pour cigognes (encore déserts) ; un espace de nourrissage pour oiseaux (on avait planté de faux oiseaux dans la terre, on aurait pu s'y méprendre). Après cette mise en bouche, je m'apprêtais à découvrir le plat de résistance : des circuits de longueurs variées (le plus court ne faisait pas moins de dix kilomètres) dont un à parcourir nu-pieds ; des paysages du tonnerre et la mer en toile de fond. Mais c'est Mouchette que j'ai trouvée, les pattes recroquevillées sous elle, plus légère que du coton. Mouchette (je dois lui avoir donné un nom très vite, peut-être même au terme de notre première journée) appartenait à une espèce d'oiseau très commune, en surnombre. Je n'avais pourtant jamais vu d'oiseau au plumage bleu et brun. Nul ne voulut la prendre en charge, ni là, ni dans le centre de revalidation où je me rendis plus tard. Ce qui me frappa, ce fut bien sûr le refus de ces personnes (que je croyais compétentes) mais surtout combien leur physique était terne : cheveux gras, plats, mise négligée. En contraste avec le petit corps coloré que je tenais en mains et que je tendais. Une demande légitime qui devint implorante et qui se mua en rage. Nul ne daigna nous aider, mais que je ne m'en fasse pas. Une petite piqûre et Mouchette partirait vite. Fuir avec Mouchette était la seule issue. Dès lors, nous ne nous sommes plus quittées. Partout où j'allais, elle venait. En voiture, au travail, planquée dans une boîte à chats. Le vigile, le matin, fermait les yeux. Je tenais la boîte le long du mur. Je ne suis jamais arrivée au bureau si tôt ni partie si tard. J'accumulais des heures sup' avec elle, et à récupérer avec elle. Je l'emmenais chez M. où je la libérais dans la cuisine. C'était ça ou rien. M. nettoyait les fientes avec une bonne volonté que je ne lui connaissais pas. Quelque chose en lui devait se sentir obligé, ému. Nous avions traversé une période où des animaux auraient pu nous séparer. J'avais trouvé un rat, que j'avais gardé, un poussin abandonné sur un marché, un hérisson et une tourterelle. J'avais regardé le rat guérir (je l'avais cru) et puis décliner. J'avais assisté à sa mort. J'admettais sa disparition parce que je l'avais combattue par tous les moyens possibles : banane, noix, céréales, eau fraîche, et mots d'encouragement. J'avais déployé dans la cage un parcours de santé fait d'une petite planche et de morceaux de pots de fleurs. En liberté, il serait mort depuis longtemps. Je ne lui avais pas donné de nom, au rat. Enfin je disais le rat, je crois. J'avais ainsi tous les rats chez moi, sur un meuble recouvert d'une plaque de marbre blanc, le meuble le plus ancien que je possède. M. avait observé leur revalidation et puis été témoin de leur départ (la mort du rat, la libération de la tourterelle) avec une certaine indifférence, pour ne pas dire avec agacement, mais quelque chose en lui se préparait. Tous ces animaux avaient ouvert la voie pour Mouchette. M. avait fini par trouver que les fientes, dans sa cuisine, c'était juste du calcaire vite disparu. Au début, il a fallu ouvrir de force le bec de Mouchette pour y fourrer de petits morceaux de crevettes ou de surimi. Puis elle a ouvert le bec, ouvert les ailes. Elle s'est redressée. Elle a eu des pattes, magnifiquement palmées. Des veines bleues striaient les palmes orange. Elle a forci, a pu se tenir sur une patte. Il faut s'être longtemps tenue sur deux pattes pour garder l'équilibre sur une seule. Mouchette me donnait ainsi de jolies leçons. Le mieux qu'elle voletait, c'était dans le bureau. Elle s'est d'abord posée sur un classeur au sol, puis sur la planche la plus basse d'une armoire. Plus tard, sur l'appui de fenêtre. Elle a buté contre la vitre. Elle est restée là, bec contre le verre. Je n'ai jamais aussi bien travaillé qu'en sa présence. Mes doigts couraient sur le clavier. Le matin, à la maison, elle pataugeait dans un fond d'eau que je faisais couler dans la baignoire. J'avais tout prévu (la protéger, la nourrir, la dissimuler autant que possible, la stimuler) sauf qu'un jour, de la baignoire, elle s'envolerait pour atterrir dans la cuvette des toilettes. L'eau des cuvettes est toxique. Mouchette a été prise de tremblements. Ses pattes ne la portaient plus. Ses ailes traînaient sur le sol. Je les ai refermées comme les pans d'un manteau autour de son corps si petit et si lourd subitement. Sa tête renversée. Toute sa vie semblait concentrée dans ses yeux vifs incrédules. Je l'ai emballée dans un essuie. Je me suis endormie en la serrant contre moi. Quand je me suis éveillée, elle se tenait sur le point le plus haut de la couette. Elle me regardait comme regardent les oiseaux, d'un œil. De côté. La vie a repris son cours, avec pour principal changement la désaffection de Mouchette pour le poisson, les crevettes et le surimi. Mouchette mangeait de bonne grâce du jambon, du pain. Les jours, les semaines ont passé. Son appétit, ses vols dans le grenier mansardé m'ont décidée à ouvrir la fenêtre. Elle trouverait de quoi se nourrir en ville. Elle aurait aussi de la compagnie. Le long du canal, les mouettes sont nombreuses. Elles s'y sont réfugiées une année en hiver, et elles sont revenues. Depuis, elles sont fidèles à la ville. J'ai ouvert la tabatière. J'ai regardé Mouchette. Devant elle : la liberté. Mouchette semblait toute de velours. Elle a tourné la tête, un peu. Elle ne m'a pas regardée, mais elle a failli. Elle s'est envolée. Elle a entamé une ascension raide. Je ne l'ai plus vue, et puis oui, elle volait, blanche sur la blancheur d'un nuage. Elle a piqué. Elle s'est ressaisie. J'ai rempli une bassine d'eau pour ses ablutions. J'ai déposé de petits morceaux de viande et du pain dans une soucoupe. J'ai regardé le ciel par le Velux. Elle avait disparu. Je crois que j'ai prié, comme on peut prier après un miracle. Quand j'ai trouvé Mouchette, j'étais accompagnée de E. Nous avancions lentement. E. gardait des séquelles d'un accident qui avait failli lui coûter la vie. C'était une de ses premières longues sorties. Les antidouleurs ne suffisaient pas à calmer sa souffrance. Le sable l'empêchait d'utiliser sa canne. C'est à E. que nous devons d'avoir trouvé Mouchette. Je regardais l'horizon. E. regardait le sol. Au moment où, à genoux, j'attrapais Mouchette, E. m'a dit : « Souviens-toi que Mouchette, c'est moi. »

Le Hérisson

C'était l'heure de promenade de Douce. Nous nous promenons chaque matin de l'année. C'est pratiquement la première action à laquelle je me livre. Depuis quelques semaines, Douce a changé ses habitudes de promenade. Ce changement correspond à des travaux de rénovation de la voirie. Notre rue a été éventrée. Elle sera remise à niveau, couverte de bitume. Les travaux ont libéré des odeurs auxquelles Douce est plus que sensible. Elle ne file plus droit vers le parc. Elle tire vers le chantier. Elle voudrait y descendre. À la promenade dans le parc, elle préfère désormais le tour du quartier, renifler les murs, les seuils, les sacs-poubelles, tendre vers le parking du centre commercial tout proche. C'est là que dans l'obscurité j'ai perçu un mouvement au sol. Un rat ? Douce s'est précipitée. Je l'ai arrêtée. Elle a gémi. Elle venait de se piquer le bout du nez. Le hérisson s'est immobilisé. J'ai posé sur lui l'écharpe que je portais. En dépit de l'étoffe, je sentais les piquants. J'ai tenu le hérisson contre moi. Je me suis assurée qu'il ne glissait pas et nous avons entamé le chemin du retour, Douce en tête. Dans le jardin, les poules ont couru vers nous, émoustillées, me sembla-t-il, de voir un nouveau venu. J'ai allumé l'ordinateur pour me renseigner sur l'alimentation de ces animaux et sur leur mode de vie. L'espérance de vie des hérissons est évaluée à deux ans, surtout à cause de l'usage de pesticides. Dans un environnement favorable, ils peuvent vivre jusqu'à dix ans. Cet environnement, je l'offrirais au hérisson de mon jardin. Je ne l'ai jamais qualifié de mien, ce hérisson. C'était celui des buissons, du lierre, des rosiers, des murs et de la terre. L'obscurité avait déjà envahi le jardin lorsque je suis rentrée en fin d'après-midi. Je me suis mise en quête d'une lampe de poche. D'être ainsi parcouru morceau par morceau, défini à coups de lampe torche, le jardin me paraissait immense. Je rendais aux ténèbres ce que je venais d'illuminer. J'aurais bien été en peine d'évaluer à quelle distance se trouvait le mur du fond du jardin. Je perdais mes repères comme le hérisson avait dû perdre les siens. À moins que pour un animal comme lui, la question ne se pose pas. On m'a raconté que les hérissons ne délimitent pas leur territoire. Leur territoire, c'est le chemin qu'ils tracent à travers sentiers, forêts, rues, routes, parkings, terrils. Revenir en arrière le moins possible. Je l'ai enfin trouvé au pied du mur. La lumière et ma voix - pourquoi donc ressentais-je le besoin de l'appeler ? - l'ont fait se contracter. Son corps s'est rassemblé mais son petit museau s'est mis à pousser contre le mur. Il m'a fait penser à ces auto-tamponneuses qui rebondissent contre les bords des circuits, entêtées, infatigables. Je n'avais rien pour saisir le hérisson. Quand bien même aurais-je eu mon écharpe, je crois que je ne m'en serais pas servie. J'ai détourné la lumière, les yeux. J'ai baissé la voix. J'ai rebroussé chemin. C'est alors que j'ai entendu son souffle, puissant. La première fois que je l'entendais. Il devait manifester son soulagement de me voir m'éloigner. Il ne soufflait nullement quand je me profilais. Ne disposait-il que d'un souffle de soulagement ? Soufflait-il de bonheur en voyant arriver un congénère ? Environ un mois après son arrivée se produisit un événement surprenant. Moi qui cherchais le hérisson chaque soir, satisfaite après l'avoir déniché, coincé le long d'un mur (à peine aurais-je tourné les talons qu'il vivrait sa vie d'animal nocturne), moi qui, j'en étais consciente, développais l'obsession de vérifier sa présence alors qu'il n'aurait jamais pu disparaître d'un jardin entouré de hauts murs, moi que la vue du hérisson dans un halo de lumière rassurait de tout, quelle ne fut pas ma surprise d'entendre un soir dans la cuisine des jappements puis des aboiements aigus et de m'y trouver face au hérisson. La lumière l'avait-il intrigué ? Mi-joyeux mi-agacé, le chien l'escortait, le chat aussi. Il a filé vers la porte de la cave, toujours ouverte. Il s'y est réfugié. Son passage dans la lumière avait été bref et il avait choisi une autre obscurité. Il avait grimpé sur un petit sac de bois que je réservais aux braseros. J'ai découpé le filet qui entourait le bois. J'avais peur que le hérisson s'y blesse. Chaque soir, il rentrait. Il traversait le salon, se figeait, le temps d'être rassuré, ou simplement profitait-il de ce moment de lumière (quand je m'accroupissais près de lui, je voyais ses yeux briller) puis descendait à la cave. Je le comprenais, moi qui aime ce qui a le courage à la fois de se montrer et de se cacher, l'ostensible et le secret. Chat et chien poursuivaient aussi leur nuit dans la fraîcheur de la cave. Le hérisson les avait convertis. Douce, parfois, aboyait la nuit. La voisine l'a remarqué. J'ai feint l'étonnement. « Ce n'est pas le séchoir que vous entendez ? » Non, elle était catégorique. Elle faisait bien la différence. J'emboîte parfois le pas au hérisson, au chien et au chat, quand ils entament leur migration. Il n'y a plus de hiérarchie, plus d'animaux diurnes ou nocturnes, juste nous. Je profite du compteur de nuit pour faire des lessives et les sécher. J'ai descendu la planche à repasser. Le néon bourdonne. Tout est bien. Il faudra que je repeigne les murs. Il y a un moment déjà que je ne fais plus ces cauchemars récurrents : je possède des animaux en cage, un rat, des perruches ou un hamster, ça dépend du rêve. Les cages se trouvent à la cave. Mais voilà, j'ai oublié que j'ai une cave.

Noir et blanc

Je lançais les restes de la pizza en l'air. De petits morceaux qui ne volaient pas bien haut et que le chien, qui avait dédaigné son repas une heure plus tôt, attrapait comme s'il s'était agi de cacahuètes, ou de croquettes. Je riais. Je les lançais de plus en plus haut. Douce avait cette lumière dans l'œil que je lui connais bien, et que j'aime tant voir. Elle s'amusait. Après avoir avalé les morceaux, elle fonçait sur moi. Elle me mordillait un doigt, puis deux, puis la main. Quand je tournais le dos, elle me faisait des pincettes aux cuisses ou aux fesses. Les mouettes n'avaient pas eu le temps d'entrapercevoir la nourriture que je leur destinais. Elles planaient, imperturbables. Imperceptiblement, Douce et moi nous sommes dirigées vers l'eau. M. humectait son mouchoir dans la mer. Il pestait contre une mouette. « Vert sur vert, ça ne se voit pas trop », j'ai dit au sujet de la fiente. Je l'ai laissé à son nettoyage. Un petit groupe se dirigeait précipitamment vers l'eau. J'ai suivi des yeux sa trajectoire et j'ai vu un grand oiseau couché. J'ai accéléré, Douce sur mes pas. À aucun moment, elle ne m'a précédée. Nous étions maintenant cinq à regarder le goéland qui ne bougeait pas. Nous ne bougions pas non plus.

Personne ne se décidait. J'ai fait le premier pas, puis le deuxième. J'ai soulevé le goéland. Il s'est laissé faire. Je l'ai niché dans le creux de mon bras gauche, l'ai caressé du droit. Il l'a bécoté. Sa vivacité m'a rassurée. Le petit groupe s'est éloigné. « Laisse faire la nature », m'a lancé M. « Laisser l'oiseau se noyer ? Le laisser se faire déchiqueter par un chien ? » J'ai pris le chemin du retour. Il a poursuivi la promenade. Douce tirait sur sa laisse. Elle semblait elle aussi investie d'une mission. La lumière dans son œil avait changé. C'était une autre brillance. Je glissais quelques mots au goéland. « On arrive. Ça va aller. » Il s'est mis à bouger. Il a tendu les pattes. J'ai vu ses pattes palmées, tellement faites pour nager. Il a remué les ailes, les a tendues. Ses mouvements m'ont rappelé ceux de Mouchette, lorsqu'elle avait été empoisonnée. La tête du goéland s'est affaissée. Il a gardé les yeux ouverts. J'ai accéléré. J'ai caressé son plumage sur la région du cœur. Le goéland s'est cambré de tout son long, sa tête presque dans mon cou. Il s'est allongé. Il s'est élargi de toute son envergure. Qu'il était grand. Un effort immense. Ses pattes ont laissé des traces sur mon pantalon, une grande croix blanche. Son cœur a cessé de battre à quelques mètres du chalet. Je l'ai déposé sur le sol. Je l'ai regardé. J'avais déjà imaginé le nourrir de crevettes, de surimi, comme j'avais fait avec Mouchette. Je serais revenue le libérer la semaine prochaine ou la suivante ou la suivante encore. Je revoyais mes projets à la baisse.

Il me restait la perspective de l'enterrer dans le jardin. Surtout ne pas l'abandonner ici. Avec ses ailes collées au corps et sa tête sur le côté, il m'a fait penser à un petit pingouin. C'est à ce moment que j'ai entendu le signal de mon téléphone, celui qui retentit lorsqu'un message arrive. C'était une photo que E. m'envoyait. Mieux qu'une photo : une animation où on la voyait en pied, une couronne sur la tête. Elle ouvrait tout grand ses yeux qu'elle a déjà grands puis les fermait. Elle inclinait la tête. Elle avait choisi comme roi, puisqu'elle était la reine de cette épiphanie, un pingouin, pas une peluche, mais une statuette qu'elle possédait de longue date. Soudain, il lui avait fallu l'utiliser. Elle la tenait d'abord droite et puis couchée dans les bras. Elle la berçait. E., royale, ressemblait elle-même à un délicat oiseau couronné, celui qu'on appelle Victoria, je crois. Je n'ai pas répondu à E.. J'imaginais tout ce que le goéland avait vu : les plages, les villes, tous les toits, les gens, ses congénères. Le matin, avec M., nous avions observé de tout petits oiseaux, de minuscules mouettes. Je n'en avais jamais vu de si petites, comme sorties de l'œuf, rondes encore, on aurait dit. Elles voletaient là où l'eau était la moins profonde, mais toutes proportions gardées c'était une profondeur à leur mesure. C'était ce matin, et ce soir la mort. J'ai déposé le goéland dans un sac. M. m'a fait remarquer que mon pantalon portait les marques des dents de Douce, deux trous minuscules, juste sous la poche arrière. S'il n'y avait pas eu ces accrocs, aurais-je découpé de l'autre côté du vêtement la grande trace des pattes du goéland, témoin de son dernier mouvement ? J'ai rangé le morceau de velours noir, et blanc désormais.

Jean-Philippe

C'était une des rares fois où M. et moi nous promenions sur le marché du dimanche. Il rechignait d'ordinaire à en parcourir les allées. Fruits, légumes, vêtements, très peu pour lui. La partie du marché réservée aux animaux, encore moins. C'est là que nous déambulions pourtant ce jour-là. Lui au milieu de l'allée. Moi, près des cages, mais lui et moi à la même hauteur, séparés de quelques mètres en largeur. Je voyais et j'entendais. L'enfant posait d'une main un poussin dans l'autre paume. La vendeuse le lui interdisait. Il fallait remettre l'animal parmi les autres. Je voyais la cage aux trois lapins. Depuis des années, le vendeur, le seul particulier parmi les professionnels, la seule voiture parmi les camionnettes et les camions, déchargeait la même grande cage de son coffre. Au fil du temps, je l'avais vu grisonner, maigrir. Et toujours vanter la chair qu'il vendait. Le seul à caresser les animaux, à proposer de les soupeser, de les tâter. De bons achats. Bien nourris. Chaque fois, trois lapins différents. Parmi les trois, toujours un reproducteur qui peut faire l'affaire en repas, mais ce serait dommage. Dimanche, mon attention a été attirée par un groupe. Des haussements de ton, quelques cris. Un homme, une sacoche en bandoulière. Je me suis rapprochée de M. « Un arnaqueur, j'ai dit, qui essaie de percevoir des taxes d'emplacement. » D'où m'est venue cette idée stupide ? Le scénario le plus plat ? Une certitude, même pas une hypothèse. Nous avancions vers la scène. Des éléments m'ont détrompée : l'appareil photo qui lui avait été arraché, les mots qui se précipitaient dans sa bouche, son regard, ses yeux, le défi dedans. J'ai voulu comprendre. M. est resté en arrière. On bousculait l'homme, on lui ordonnait d'enlever ses lunettes. On allait lui casser la gueule. On m'a intimé de ne me mêler de rien. À deux, l'homme à la sacoche et moi, nous nous sommes éloignés. Il a remis ses lunettes et la casquette qu'il avait aussi enlevée. L'émotion rendait les mots incompréhensibles. L'émotion et un accident cérébral, m'a confié Jean-Philippe quand nous nous sommes réfugiés encore un peu plus loin, à l'abri des castagneurs. À l'époque, il travaillait au Palais de Justice, dans un greffe. Beaucoup de travail, se lever tôt, rentrer tard. Puis il y eut cette affaire dans laquelle il fut lésé. Une agression dont je ne saurai rien. La fonction de Jean-Philippe au greffe lui permit d'avoir accès au dossier, sous une autre identité. Il y alla au bluff. Il s'exerçait au bluff. Celui qu'il allait mettre en œuvre, plus tard, non plus pour lui, mais au bénéfice des animaux. Ce bluff dont je fus témoin un dimanche, sur un marché. Car c'était de cela qu'il retournait. Jean-Philippe y allait, dénonçant, photographiant. Il prétendait que des lapins trop jeunes ne pouvaient être vendus en été. Il fallait attendre septembre. Que les poules ne pouvaient être si nombreuses dans des cages. Il citait une loi. Sauf qu'elle n'avait pas encore été votée. Tout ça, Jean-Philippe me l'a expliqué plus tard, au calme, chez moi. Il avait retrouvé un débit normal. Je comprenais tout. Je le comprenais. Prêt à tout. Lui qui ce dimanche d'été avait été forcé à se taire et à rendre provisoirement les armes était intarissable. Il me noyait d'informations. À peine se taisait-il que je le relançais d'une question. Je buvais ses paroles. Ses chaussures étaient en fibres d'ananas. Il se nourrissait pour le modeste budget de cinquante euros par mois, même pas, quarante-neuf pour être précis. Il achetait des légumineuses et des céréales en vrac, du tofu dans le magasin le moins cher de la distribution. Il consentait à s'y rendre, mais c'était le seul parce que pour le reste il avait déserté pour de bon les grandes surfaces. L'eau de distribution constituait son unique boisson. Il ne mangeait ni œuf ni miel, ne supportant pas l'exploitation animale. Mes poules, intriguées par le nouveau venu, se pressaient à la porte. Les œufs de poules libres non plus, il n'en mangeait pas ? Il n'a pas répondu. Il a évoqué des modifications génétiques. Une poule ne pond pas tous les jours. Ce n'est pas dans sa nature. Elle pond de temps en temps, et si elle a besoin de nutriments, elle va manger tout ou partie de son œuf. Il remplaçait les œufs par des graines de chia trempées dans l'eau. Parfois, un peu de banane dedans comme épaississant. Que feriez-vous de mes poules ? Des amies, des compagnes de vie. Il honnissait toute forme d'élevage. Ce sont des bébés dans un corps d'adulte, des cellules boostées. Il m'enverra des échelles de croissance des animaux dans la nature et en élevage. Il taxait l'homme de spécimen grégaire, le plus grégaire d'entre tous. Le qualifier d'animal, il ne le pouvait pas, par respect pour les animaux. Les hommes mangent de la viande car ils l'ont toujours vu faire. Ce n'est même pas pour le goût. Si seulement c'était parce qu'ils aiment ça, mais non, c'est par routine et imitation. Je ne connais pas la raison exacte de son engagement pour les sans voix. Un engagement de plus en plus partagé, au point que l'activisme pour le respect de la vie animale serait identifié comme la deuxième menace après le terrorisme. On flique les militants. On les met sur listes noires. Jean-Philippe revient de Suisse où un camarade a été condamné à un an de prison pour s'être menotté aux grilles d'un abattoir. On ne plaisante pas là-bas, avec les grands groupes, mais les rebelles sont des plus en plus nombreux, ceux qui semblent mener une vie normale le jour et mènent des actions la nuit. Ils libèrent des animaux chez un petit éleveur. Ils les sortent des abattoirs, les extirpent de ces horribles chambres de détente où on les parque pour que le stress déserte leurs muscles. Il évoque cette femme qui chaque jour conduisait une de ses chèvres à l'abattoir. Elle n'était pas assimilée à une productrice, soumise à aucune taxe, seule responsable de son petit commerce de mort. Tout bénef. Elle souriait en arrivant devant les grilles de l'abattoir, la petite bête dans une remorque. Que gagnait-elle ? Assez pour continuer. « Si tu savais comme nous devenons forts, nous grossissons, notre corps devient énorme, nous avons une seule tête. Des bouchers quittent les rangs des meurtriers. Des actrices pornos ou des prostituées quittent le rang du bétail. Si tu savais le nombre de sanctuaires qu'il y a. » Partout ? « Partout, même tout près d'ici. Un sanctuaire, ça peut être un champ, une forêt, un grand jardin. Même un petit. » Il est parti en oubliant son sac, celui qu'il porte en bandoulière, toujours, sauf quand il l'oublie, ou quand on veut le lui arracher. Il est revenu sur ses pas. Je l'attendais sur le seuil. Je l'ai vu arriver, son appareil photo à l'épaule. Dans les photos argentiques que les activistes faisaient au début de leur combat pour dénoncer la maltraitance animale, il y avait de la gélatine animale. Les activistes l'ignoraient, puis quand ils l'ont su il n'existait pas d'alternative. Aujourd'hui, il y en a une. Jean-Philippe est reparti par un autre chemin. Celui qu'il avait emprunté était trop sombre.

Champion

C'était comme si on reprenait l'histoire au début ou presque, comme si elle se terminait autrement surtout. L'histoire, c'était moins la nôtre que celle du pigeon. Nous avions été empêchés ce jour-là, M. et moi, de monter sur l'autoroute. Une déviation nous avait conduits sur une grand-route. Nous roulions lentement (je conduisais). Nous regardions les paysages. Nous avions pris du retard. Nous nous moquions du temps que nous mettrions pour rentrer. En l'apercevant sur la bande de gauche de cette route à deux bandes, celle des voitures qui venaient en sens inverse, j'ai eu un choc. Ce que je voyais, c'était un pigeon corps orienté vers nous, mais tête tournée presque à cent quatre-vingt degrés vers les voitures qui n'allaient pas tarder à arriver. Je me suis garée sans un mot. M. m'a demandé ce qui se passait. Le pigeon, j'ai dit, vite. Quel pigeon ? J'ai couru. J'ai ramassé le pigeon immobile, figé, tordu par la peur, au maximum de sa rotation, au-delà du possible. Il me regardait. Rien ne cillait, mais je savais qu'il me regardait de toutes ses forces. À l'arrière de la voiture, il y a toujours des bacs (pour ranger les courses). Je l'y ai déposé. Nous avons attendu. Pas le moindre mouvement. « On va devoir rentrer plus tôt. » « Si tu veux. » Il s'était mis à pleuvoir. M. n'avait pas envie de marcher sous la pluie. Rentrer ne le dérangeait pas. À l'arrière, le pigeon s'est agité. Il tournait sur lui-même comme une toupie. Nous nous sommes arrêtés. J'ai posé les mains sur lui pour contenir le mouvement. Son cou semblait cassé pour de bon. Il pendait. Et pourtant le pigeon me regardait toujours. Son œil était vif, loin des regards voilés des pigeons malades. Il y eut un soubresaut entre mes paumes, une dernière pulsation de tout le corps, et puis plus rien. M. ne m'a pas laissé le temps de parler. Ce qu'il a dit m'a étonnée. Il a dit qu'on allait l'enterrer à la maison, dans le jardin, qu'on ne pouvait pas le laisser là sur un bas-côté. C'est ce que nous avons fait. Nous sommes rentrés et nous l'avons enterré. Puis la scène a semblé se rejouer, à une variante près, et majeure. À nouveau un pigeon sur la route. Et nous, qui roulons, encore ensemble. Il traverse la route, de gauche à droite. Il passe sous une voiture qui roule. Le pigeon et la voiture semblent se mouvoir dans deux mondes séparés. Un timing impensable. Il continue sa route, nous roulons à sa rencontre. Je me gare précipitamment. Il passe sous une grille. La grille est fermée. Je le vois s'éloigner, marchant droit comme un petit soldat. Est-il perdu pour un sauvetage ? Je le crains. Mais le voilà qui revient. Il s'est heurté à un obstacle. Il rebrousse chemin. Il repasse sous la grille. Il me marcherait presque sur les pieds. Je n'existe pas. C'est ce qui me permet de le cueillir comme une fleur. M. refuse de le tenir sur ses genoux. Nous n'avons plus de bacs dans le coffre. Il va se salir. J'enlève ma veste. « Pose-le dessus et tiens-le. S'il te plaît. » L'obstination du pigeon l'a mis en danger, mais l'a sauvé aussi. Je l'enferme dans la salle de bain. Je couvre le sol de journaux. Il mange, il boit. Il reprend des forces. Il porte une large bague jaune à chaque patte. Si grandes qu'on voit davantage de métal que de peau. Pendant une semaine, il récupère. Je le trouve le plus souvent sur la dernière marche de l'escalier. Seules traces de son parcours : des graines renversées. Il se perche sans doute sur le bol trop léger. Le pigeon prend enfin de la hauteur. Il se pose sur l'évier, sur la chaudière. Je ne peux plus ignorer les matricules, un à chaque patte. J'en encode un dans la rubrique « Pigeons égarés » du site de la Fédération des Colombophiles. Le propriétaire me contacte vite. Pour le rencontrer, je prétexte un article à écrire sur l'état de la colombophilie dans la région. Je n'aurais pas pu mieux tomber, m'explique-t-il au téléphone. Même s'il ne possède plus de pigeons (ah bon), oui juste quelques-uns, il reste passionné et il anime toujours un club local. Il en assure la présidence. Nous ne devons pas tarder à fixer un rendez-vous, car nous sommes en septembre, le mois des derniers lâchers de pigeons avant la reprise au printemps. Il m'attendra à la sortie du boulot. Nous irons ensemble jusqu'au club. Aussitôt arrivé sur le parking, il m'envoie un sms signé du numéro de sa plaque. Il est volubile. Il évoque les pigeons blessés (intéressée, je dois l'avoir lancé illico sur le sujet). Ses mains quittent le volant pour devenir des ailes tordues, contorsionnées, ou des pattes cassées. On soigne donc des pattes cassées ? Bien sûr, c'est avec les ailes qu'on vole. On répare les pattes avec des bouts de bois et des élastiques, quand le pigeon en vaut la peine, bien sûr. Il martèle le volant de ses mains. Il a eu un pigeon, du jamais vu, qui piétinait longtemps avant de prendre son envol. Un bon pigeon, rapide une fois lancé. Des pigeons, il en a possédé beaucoup, jusqu'à il y a deux ans. Deux cents. C'est loin du record du club, Serge et ses neuf cents. Il consacre ses journées à ça, Serge. « Neuf cents ! » « Oui, neuf cents, il en faut du temps, de l'argent, de la nourriture, des vaccins et des soins vétérinaires. » Mais ce qui fait un bon pigeon, c'est définitivement la motivation. La motivation à revenir. Certains pigeons seront des champions de courtes courses, une centaine de kilomètres, d'autres des cracks sur des trajets plus longs, des centaines de kilomètres. Il faut donner leur chance aux pigeons sur toutes les distances. Et agir en conséquence s'ils ne brillent sur aucune. C'est-à-dire ? Leur tordre le cou, les manger. On ne nourrit pas des becs inutiles drillés à rentrer. Un pigeon de concours ne retrouvera jamais sa liberté. Il est arrimé à son pigeonnier, attaché à ses compagnons de course et à ses femelles. C'est ce qui fait la motivation du pigeon. C'est ce qui fait sa qualité, autant que son corps, que sa nourriture. Quand les pigeons ne sont pas performants, c'est tout le système qu'il faut revoir, les compagnons et les compagnes. Mon interlocuteur a ainsi sacrifié la moitié de son pigeonnier pour doper la motivation du cheptel. Il ne suffit pas de voler vite non plus, pour faire un champion. Les pigeons trop rapides, si le vent les pousse, dépassent leur destination et perdent du temps à rebrousser chemin. La motivation ne doit pas faire perdre le sens de la bonne vitesse. Et vous, votre motivation, c'est quoi ? Je pose la question aux colombophiles réunis en ce vendredi soir dans le local paroissial de cette petite localité de dix mille habitants. Ce n'est sûrement pas l'argent. Aucune somme n'est misée. Les pigeons ne rapportent rien sinon, aux propriétaires, leur nom dans un classement. La motivation, c'est une place dans un palmarès. C'est arriver avant les pigeons des voisins, avant les pigeons des villages voisins, avant les pigeons des grandes villes. C'est exister aux yeux des autres colombophiles, de moins en moins nombreux. Les citoyens, eux, ne sont pas indifférents aux pigeons. Non, ils les détestent, regrette mon guide, qui ne concourt plus personnellement parce qu'il n'a pas trouvé de femme assez compréhensive pour accepter qu'il passe du temps avec des pigeons. Pour sauver son couple, il a dû trucider ses pigeons. Il a donné son unique champion. Le pigeon n'a su que décevoir son nouveau propriétaire. Trop formaté, trop fidèle. Aujourd'hui, le président, redevenu célibataire, est bien décidé à profiter de son célibat. Il gère les bagues, vérifie l'encodage des pigeons pour les courses et met à jour les programmes informatiques. Le soir tombe derrière les vitres du local où nous sommes six en tout et pour tout. Le transporteur ne va pas tarder. Les pigeons s'endorment dans les paniers en osier, vingt par panier. Dix-sept paniers au total. Une misère par rapport à il y a cinq ans, dira le transporteur dans l'obscurité, après avoir refermé la porte du camion, comme une confidence, comme un regret. Je crois qu'il a étouffé un sanglot. Le métier se perd, comme les combats de chants de coqs ou de chants de pinsons. Le business aura la peau de la colombophilie, c'est un fait, constate mon guide au retour. Il ralentit. Il me montre un pigeonnier dans une prairie. C'est une caravane. Une fenêtre est ouverte. « Vous voyez le câble qui sort ? » Je ne vois rien. C'est le câble de la pointeuse. Le colombophile travaille encore à l'ancienne. Il glisse la patte de chaque pigeon rentrant dans un boîtier. Ce sont des secondes perdues par rapport aux pigeons dont la bague contient une puce. Je suis frappée autant par les dimensions du pigeonnier que par la hauteur des tournesols, grands comme des arbustes. « Vous serez attentive désormais aux vols de pigeons dans le ciel », il dit, comme une affirmation, une certitude, une obligation. Les vols groupés, ce sont toujours des pigeons de concours. Je ne réponds pas que je serai encore plus attentive aux pigeons bagués isolés, avançant sur le sol, lents ou rapides, certains allant comme de petits soldats droit devant. Je ne lui dis pas non plus que depuis un moment, le tout début de la soirée sans doute, j'ai choisi de déraper encore longtemps dans la salle de bain sur des grains de maïs qui sous les chaussures glissent comme des billes.

Tropico

« J'ai trouvé un perroquet », a annoncé d'emblée Annabel au téléphone. « Il est chez Matthias, au début ça se passait bien, mais là Matthias en a marre. Le perroquet est trop bruyant. Je ne sais pas quoi faire.» Je n'ai pas attendu qu'Annabel me demande de prendre le relais de son fils. J'ai proposé de le garder, « en attendant » j'ai dit, et j'ai pensé « ou pas ». Elle est arrivée dans l'heure, l'oiseau dans une cage à hamster, pendu aux barreaux, les attaquant comme aurait pu faire un rongeur. Il criait. Son cri supplantait nos voix. J'ai monté la cage à l'étage, dans le grenier aménagé, où je l'ai retrouvé une fois Annabel partie. J'ai ouvert la cage et je suis descendue dormir au premier. Au petit matin, ses cris m'ont réveillée, moins stridents déjà, me semblait-il. Nous avons commencé notre vie commune, chacun dans ses appartements, lui voletant le jour, criant parfois pour que je monte, c'était mon interprétation. Il s'engouffrait dans l'escalier pour me rejoindre. Je m'étonnais de sa confiance, si vite posé sur mon bras, sur la tête. Agrippé à la manche et remontant jusqu'à l'épaule en s'aidant de son bec, il m'explorait avec autant d'entrain que le dessus des armoires ou les étagères. Autant que sur mon corps, il aimait se réfugier sur la chaudière dans la salle de bain. Tropico était grand comme une perruche, mais le front lisse, sans houppette, le bec plus épais et crochu qu'une perruche. Il n'avait pas fait partie de ces communautés qui, une fois libérées des humains, s'agglutinent en villes aux arbres pour la nuit et les déplument d'un seul mouvement le matin. Tropico était un solitaire, un évadé ou un perdu, déniché sur une voiture. D'un naturel frileux, il se réchauffait les pattes sur le capot. Annabel avait utilisé son pull comme un filet. Embarqué Tropico. Il partage maintenant l'espace le plus haut de la maison avec Jean, un ami venu passer quelques semaines ici. L'intérêt de Tropico pour moi n'est pas moindre. Je dirais même que sa curiosité est accrue avec la présence de Jean. Il picore mes ongles, et je vois soudain dix becs à la place de mes ongles. Il trottine derrière moi. Il a dû comprendre que je ne pourrais jamais voler, alors il marche. J'ai peur de l'écraser. Il s'ébroue dans l'eau recueillie dans mes mains en coupe. Je les descends dans l'eau dans laquelle je me baigne. Le niveau monte. Tropico ne s'en émeut pas. Il apprécie désormais la petite cascade domestique du robinet. Il s'y abreuve et avance la tête dessous. Il aime le vent chaud du sèche-cheveux, et par-dessus tout la paille des chaises et le bois des portes, là où la couleur s'écaille. Il l'épluche un peu plus. Il contribue à un retour du bois à sa couleur naturelle. Cette nuit, il était quatre heures, j'ai reçu un sms de Jean. Tropico a disparu. J'avais bien entendu du bruit du côté de chez Jean. Ses pas dans l'escalier. Une porte qui claque, une autre qui racle le sol (oh depuis combien de temps ne se promet-on pas de régler ce problème ? Le carrelage est tout rayé). C'est donc dans un demi-sommeil que j'ai lu que Tropico avait disparu. J'ai rejoint Jean. Jean s'est remis à fumer, il était sorti fumer de nuit. Aurait-il oublié de fermer la porte ? Un des chats se serait-il glissé là-haut ? Jean avait déambulé dans la maison à la recherche de traces, de plumes. Il était même descendu à la cave. Un chat peut-il faire un sale boulot si proprement ? Jean se culpabilisait d'avoir repris la cigarette. Moi aussi, je m'en voulais, mais d'avoir laissé Tropico picorer dans mon assiette au souper. La nourriture humaine lui aurait-elle été fatale ? Nous sommes montés au deuxième. J'ai crié le nom du petit perroquet. Un unique cri nous a répondu, venant de la gauche de la pièce. Nous nous y sommes précipités. Rien. Nous avons entrepris de tout fouiller, la bibliothèque, rangée de livres par rangée de livres. Jean a fourré sa tête comme il pouvait derrière le radiateur. Plus aucun son ne se faisait entendre. J'ai pensé que Tropico avait rendu son dernier souffle. Nous nous taisions, crispés, cherchant encore, le petit corps cette fois. Puis, un mouvement a attiré mon attention. J'ai vu Tropico émerger d'un sac de vêtements. Il étirait ses ailes, ses pattes. Il s'est mis à crier comme si de rien n'était, à voleter. Il s'est posé sur la tête de Jean, puis sur la mienne. Depuis que Tropico était entré dans sa vie, et se posait sur sa tête, léger, Jean avait modifié sa façon de marcher. « Tu sais quoi, j'avance comme si je portais toujours Tropico sur la tête. » Tropico nous avait définitivement adoptés. Et ce qui nous plaisait par-dessus tout, je crois, c'est qu'il aurait réservé un aussi bon accueil à n'importe quel humain. Nous n'étions pas l'exception. Si nous avions été plus nombreux, je crois que Tropico aurait encore mieux exprimé qui il était. Pour l'heure, nous venions d'apprendre qu'un sommeil profond faisait partie de ses comportements. Jean connaissait l'espèce des inséparables dont Tropico faisait partie. On lui avait raconté que dans un couple, si l'un meurt, le survivant s'arrache les plumes et la peau. Il ne survit pas. Et j'avais vu, pour me dissuader d'adopter un congénère, Jean s'entourer de ses propres bras et se mettre à se gratter le corps. Jean en Tropico. Si Tropico est si bien dans sa tête, c'est, selon Jean, parce qu'il n'a jamais vécu en couple. La période sanitaire complexe que nous traversons empêche l'achat d'un compagnon ou d'une compagne pour Tropico, mais j'ai téléphoné à une association de protection des animaux. Ils ont bien des inséparables. Les abandonne-t-on en couple ? Ou seuls ? C'est donc qu'ils survivent ? Que tout n'est pas perdu ? La dame au téléphone m'a dissuadée d'adopter. « Vous êtes son inséparable », elle a dit, quand je lui ai eu exposé la situation. Et comme pour confirmation, j'ai trouvé le soir sur ma table de nuit une graine de tournesol décortiquée.

Deux faces

Je me faisais une joie de changer de boulot. D'autant plus que j'arrivais dans un pôle culturel en plein chantier. Symboliquement ça me plaisait. Une partie du pôle était déjà aménagée, il s'agissait d'une magnifique extension dans laquelle les bureaux avaient été rassemblés en un open space pendant que l'ancienne aile était en voie de rénovation. Tout me semblait possible dans ce nouveau lieu. C'était avant que je tombe, très vite, sur Florence, ses classeurs et ses tableaux. Elle occupait une position stratégique à la manière de ce tourniquet monumental posé au milieu de tout où elle rangeait ses classeurs. Pas une conférence qui ne passe entre ses mains, pas une réservation de salle, pas un seul remboursement qu'elle ne valide, pas vraiment elle, mais les documents officiels dont elle était dépositaire, une pléthore de documents, des Access, des Excel. Aucune erreur ne trouvait grâce à ses yeux. Elle ne corrigeait rien, retour à l'expéditeur, sans un mot, va voir les tutoriels sur l'ordi. Je recommençais. J'aurais presque réduit la voilure de certains projets pour ne pas être confrontée à la paperasse et à Florence. Une petite femme, sportive, sèche, jolie, aussi incisive que les arêtes de ses tableaux, ses cases. Implacable Florence. Contre toute attente, les terrasses qui reliaient l'ancienne construction à la nouvelle nous ont rapprochées.

Des pigeons ont commencé à nicher près des corniches, des petits sont nés, des déjections sont apparues sur le bois de la terrasse. Deux cages ont suivi, vite, commandées par la direction, des trappes pour déporter les pigeons, les gazer hors de vue, avons-nous appris. Florence avait la phobie des cages et un amour inconditionnel pour les oiseaux en liberté. Elle déversait des kilos de graines dans son jardin, s'organisant pour que tous les oiseaux du ciel soient nourris, aucun ne servant d'appât pour un autre. Je la reconnaissais bien dans cette organisation. Elle m'a montré des photos sur son téléphone. Nous avons décidé de libérer les pigeons. À la première heure, nous pénétrions sur la terrasse, Florence était dépositaire de toutes les clés. Elle coupait les Colson qui entravaient l'ouverture des portes des cages. Les oiseaux s'envolaient, un peu étourdis d'avoir passé une nuit emprisonnés, engourdis par le froid aussi, sans doute. Ni vu ni connu, Florence fixait un autre Colson identique au premier. Les employés de la société de dépigeonnage se sont étonnés des maigres prises. Ils ont remonté les cages sur le toit, plus près de leurs proies. Nous aussi sommes montées d'un cran. Nous avons arpenté les couloirs à l'abandon, sombres, en attente d'une rénovation. Florence m'a montré son ancien bureau. Nous avons enjambé les appuis de fenêtre désormais munis de pics anti-oiseaux. Nous nous sommes faufilées. Nous avons rejoué la même scène jour après jour, regardant la ville et le ciel, sans vertige.

Le gazage n'était pas la seule menace pour les pigeons. Le nouveau bâtiment avec ses immenses baies vitrées représentait un autre danger. Ils étaient trompés, par un ciel faussement plus profond ou aveuglés par les reflets du soleil dans les vitres. Nous aussi, à l'intérieur, étions aveuglés, les écrans devenaient opaques, impossible de travailler. Nous avons découpé des cartons pour occulter les vitres, sauvant par là des oiseaux, sans le savoir pour la plupart d'entre nous. Florence un jour est rentrée avec dans le creux de la main un étourneau mort, désarticulé. Ouvrir les cages ne suffisait plus. Fini la clandestinité. Il fallait convaincre. Une association de la région œuvrait pour la protection des oiseaux. Elle pouvait intervenir à moindre coût, capturer les pigeons. Elle se chargerait de les désorienter, j'ignorais encore de quelle manière, ils ne reviendraient pas ici. Des gens sont même candidats à l'adoption des pigeons. Franck, l'un des deux responsables de l'association, nous convia à une visite guidée de son (petit) centre de revalidation. En fait de centre, c'est une maison, la maison de Franck, remplie de cages plus ou moins grandes. Dans le jardin aussi, des cages, des volières, et s'il y a un petit étang c'est pour quelques canards et des mouettes boiteuses ou amputées. L'étage est réservé aux volatiles en quarantaine. Où dort Franck ? Où mange-t-il ? La table est envahie de sacs de graines. Deux chats déambulent. La cohabitation semble parfaite. Ce sont aussi des chats recueillis, soignés, comme le sont tous les oiseaux ici chus, blessés, accidentés, déchirés par des prédateurs. Sauver un pigeon coûte treize euros, treize euros de déparasitage, de vaccins et de soins (tellement moins que le coût d'un gazage). Treize euros et c'est le retour au ciel, un autre ciel, un ciel plus loin éventuellement. J'ignore comment s'appelle l'associé de Franck. Il ne s'est pas nommé. En guise de présentation, il a aligné ses compétences : eaux et forêts, chasse aussi, il détient des permis pour détruire à l'année, c'est son expression, un nombre précis de pies ou de corneilles, en fonction du recensement d'oiseaux. La population de moineaux décroît ? Il liquide les pies. Douze l'an dernier, attrapées dans des cages. Je n'ose lui demander comment il les a tuées. Il ne dit pas « des pies », « des corneilles » ou « des renards », mais « de la pie, de la corneille ou du renard. » Franck abrège les explications de son associé. Il reprend la main, nous entraîne Florence et moi au jardin, devant de grandes volières. Il y a celles des pigeons bagués, celles des pigeons ordinaires. Les pigeons bagués sont en attente de leurs propriétaires, certains ne viendront jamais récupérer un « loser ». « Attention, dit Franck tout sourire, un Hollandais est venu rechercher son champion évalué à trois cent mille euros. Il est reparti sous escorte. » Franck sourit. Il y a les volières des éclopés. L'associé est partisan de tordre le cou à tous ces pigeons là au sol ou sur les perchoirs, incapables de voler. Franck se récrie. Il espère toujours. « Marcher au lieu de voler, est-ce si grave ? Les oiseaux ont des pattes, quand même. » De retour à l'intérieur, on s'attarde sur les chats. Je questionne les deux hommes sur l'opportunité de leur mettre une clochette autour du cou. L'associé part dans un grand rire. Les félins sont capables de se rouler dans la terre pour remplir la clochette de terre et la faire taire. Il ajoute qu'il lui arrive de tuer des chats sauvages, principaux prédateurs des oiseaux. Notre employeur a accepté une collaboration avec l'association. Fini le gazage de pigeons et bonjour les économies (l'argument a dû jouer). Mon premier bon de commande impeccable, réussi du premier coup, je l'ai rédigé pour des trappes que l'association emporterait et des autocollants à apposer sur les baies vitrées pour les rendre bien visibles aux oiseaux. Si Florence l'a corrigé, elle ne m'en a rien dit. Un abri pour rapaces figurait aussi sur le bon de commande, on espérait qu'il éloigne durablement les pigeons. « On ne peut rien vous promettre, a précisé l'associé, ni quel rapace vous aurez un jour, de la buse, de la chouette ou du hibou. »

Ses oreilles

Tu disais que Thierry avait eu une seule initiative louable au cours de votre vie commune, quatorze ans quand même : il avait réuni pendant toute une journée vos deux lapins, l'un mâle l'autre femelle. Comment aviez-vous acquis des lapins, qui l'avait décidé, cela reste vague pour moi. Les lapins, séparés toujours, réunis à une seule reprise. Thierry avait bien calculé son coup. Non seulement des petits étaient nés de l'union des lapins, mais ils étaient nés le jour de la Saint-Valentin. Une fête qui d'ordinaire passait inaperçue pour vous, en conflit perpétuel, pas cette année-là, l'année des lapins. Six petits vous avaient été donnés, des boules de poils, noires, brunes et noires et brunes. Tu n'aurais accepté aucun cadeau de Thierry, mais celui-là tu n'avais pas eu le choix. Tu n'en avais pas cru tes yeux. Thierry ne t'avait pas seulement offert des animaux mais quelques brefs instants d'étonnement pur. C'est précieux. Les parents avaient rejoint leurs clapiers respectifs, les petits aussi quand ils avaient grandi. Par beau temps, tu les posais sous des structures sans fond pour qu'ils puissent profiter de la douceur de l'herbe. Sinon, ils vivaient sur une litière de copeaux que vous changiez tour à tour, Thierry et toi. Vivre ensemble vous avait éloignés l'un de l'autre. Tu regardais les lapins sous leur toit, ce bois posé sur le sol, les pattes dans la terre, poussant parfois de leur corps la cage provisoire, avides d'herbe et de retrouvailles, et tu pensais que Thierry et toi auriez été mieux inspirés de conserver vos demeures respectives. Mais ta fille occupait celle de Thierry. Une maison à son goût. Un grand jardin. Des bambous dans le jardin. Une mare. Des poissons dans l'eau. Thierry se lasse des lapins. Il en dépose deux chez les fermiers voisins, sans te consulter. La maladie et des renards déciment ceux qui restent. T'effleure la pensée que Thierry a tout manigancé pour te faire de la peine, qu'il n'y avait nulle pensée douce dans la réunion du couple de lapins, seulement le projet de te priver plus tard des animaux. Le summum de sa nuisance. Petitnoir, c'est le nom du rescapé de la portée. Petitnoir, dans son clapier, est en permanence dans ton champ de vision cette fin de printemps et cet été où tu t'installes dans un transat. Tu te reposes entourée d'oiseaux. C'est comme dans un conte, je te le dis. Tu distingues chaque oiseau, son espèce, et ce qui le différencie de ses congénères, la hauteur d'un chant, la couleur de quelques plumes, sa façon de se laisser approcher ou pas. À mesure que passent les jours, les morceaux de pain que tu déposes autour de toi sont de plus en plus grands. Les oiseaux n'emportent pas le pain. Ils picorent près de toi. Petitnoir vous observe. Tu n'as pas la force de rapprocher le clapier. Vous vous regardez de loin. Tu le caresses de la voix. Tu ne sors plus ni de la maison ni du jardin. Thierry, responsable des courses désormais, rationne Petitnoir. Fini les croquettes de carotte et de luzerne. Il s'alimente de nourriture en vrac. Tu enchaînes les cures de chimiothérapie. Toujours, tu reviens au jardin. Le temps est clément cette année. Thierry te malmène, ne t'offre plus de fleurs. Pas de fleurs pour une malade. Ce n'est plus la peine. Mais tout fleurit autour de toi, tout ce que tu as planté pendant des années se manifeste. Tout s'exprime en couleurs, en insectes, en oiseaux. Les mots de Thierry ne sont rien à côté de ça. Peu importe qu'il te parle d'un temps où tu ne seras plus là, de ce futur où il ira enfin pique-niquer, ce que tu détestes. Mais aucune prairie ne voudra l'accueillir, je suis prête à le lui dire, tu me retiens. Les fleurs faneront, je dis, rien qu'à le voir. Ce sera désolation. Je regrette aussitôt ce futur évoqué comme si tu n'étais plus là. Je me sens complice. Tu souris. Tu dis que la nature est bonne, et je sais que tu as raison. Tu as maigri. Tu portes des robes aux couleurs vives. Tu es une fleur, pourquoi offrirait-on des fleurs à l'une d'elles ? Petitnoir te fixe, il regarde les oiseaux et les fleurs, il n'en a jamais vu autant. Il n'a jamais autant entendu ta voix. Toi aussi, tu n'as jamais autant vu Petitnoir, ses yeux bruns, grands. Petitnoir et toi en miroir. Petitnoir a faim. Toi aussi, une faim terrible. Cette faim ne passera pas. La soif s'y ajoute. Sur l'écran de téléphone où je te vois lorsque tu es hospitalisée, c'est notre seul moyen de communication, tu passes la langue sur tes lèvres. Elles sont sèches. Tu fermes les yeux. Tu tires sous le menton ton peignoir que tu portes comme une couverture. C'est un peignoir noir, c'est rare. Le contraste avec ta blondeur me frappe. L'un met l'autre en valeur. Tu rayonnes. Je te le dis. Tu n'as jamais été si belle. Une princesse russe dans un traîneau. Tu as froid. Tu remontes un peu plus le peignoir. Où vas-tu ? À ce moment, je ne me pose pas la question. Nous sommes encore sur les mêmes terres, même éloignées. Petitnoir est chez moi maintenant. Il a quitté son clapier, pour la maison. Il retournera au jardin, au printemps. Le mien est moins vaste que le tien, mais il y a de l'herbe et de hauts murs pour le protéger des prédateurs. Il aura la plus grande étendue que je peux lui donner. Il côtoie les chats, grignote leurs croquettes. Mon petit perroquet Tropico est curieux de sa présence. Il volette à sa hauteur. J'ai trouvé une plume jaune sur le pelage si noir qu'il en est bleu. La même plume que celle trouvée sur mon clavier. M'envoies-tu un signe du pays des traîneaux ? Tu avais promis de t'y employer. Je dois encore te dire que les oreilles de Petitnoir laissent passer la lumière. Dans la cage, on ne pouvait pas le voir.

ISBN : 978-2-87560-167-4
Dépôt légal : D/2022/13.394/64
Première édition – Novembre 2022
Imprimé dans l'Union européenne
Composition de la couverture : Studio Alvin

Avec le soutien de la Fédération Wallonie-Bruxelles
Découvrez l'ensemble du catalogue sur www.onlit.net